左正尧　著

U0095542

超越泥性

湖南美术出版社

超越泥性

——中国现代陶艺发展状态

左正尧 著

目录

序　言

　　有必要将陶艺纳入当代艺术中来考虑吗？陶艺的实用性功能能成为当代艺术的格局吗？对于上述问题，始终导引当代艺术圈对陶艺在当代艺术中占有一席之地而不屑。

　　与当代艺术的其他门类比较，陶出身朴实无华，其质地是满目皆有的泥土，微不足道；同时，陶没有豪门贵簇的显赫爵位，名不正而言不顺，在中国当代艺术的展示格局中，它很难堂而皇之的登上当代艺术的殿堂。

　　对于陶的认识，缘自于左正尧先生，十余年前他在湖北任教时在蕲春烧制了许多作品。在其中我感受到一种非常的原始和野性，还有它的任意流淌的随机性和非常的感性功能，让我凭一个画家的职业习性而激动亢奋，如果削弱其中传统造型的儒雅书卷之气，超越其实用性和工艺性的功能，结合现代的直线简洁，陶具有强大的生机和原始勃发的活力，将陶纳入当代艺术之中是情理之中的事情。所以当左正尧先生提出将《超越泥性》归于"当代艺术倾向丛书"之中进行表现，我认为既是为陶的当代身份正名，又是为当代文化的表达功能增加了另类的书写形式。

　　陶具有非常悠远的历史渊源，我以为本书没有必要对它的历史问题过于纠缠，因为我们关注的是当代问题，而本质意义更集中在中国的问题。现代陶艺的兴起，与许多现代艺术家密不可分，其中有我们非常熟悉的人物：毕加索、雷诺阿、米罗、马蒂斯……陶在他们的演化之下完全改变了日常的实用能指，他们赋予它们不可言说的神秘的叙说力量。

　　1998年，我与美国陶艺家李茂宗先生在北京饭店有过一面之交，据业内人士说，李先生对中国当代陶艺术的发展是至关重要的人物，并起到了推波逐浪的作用。我当时任《画家》丛刊主编，原本对李先生有过专访，遗憾的是当时陶艺未能形成一种整体格局，无法让我从面上去把握和认知一些问题，今天，当面对《超越泥性》这本专著时，我为当时未尽到努力而隐约不安。

　　据我所知，广东美术馆近年来为陶的当代发展做了非常多的工作，其中有证可查的是"感受泥性"、"超越泥性"、"演绎泥性"、"单纯空间"等一系列主题鲜明的展览，它为我们研究这门艺术在当代的发展提供了佐证，陶土作为一种媒材的价值日益凸显出来。陶土艺术从古老的境界中走出，涌现了一批具有实力的中青年创作骨干，如白明、陆斌、吕品昌、左正尧、杨国辛、张晓莉、刘正、白磊、沛雪立、夏德武、姜波……。这些艺术家在各自不同的探索方位上实践着自己的艺术理念，彼此间存在着很大的差异，而这种差异恰恰成为他们运用陶土这一独特的发言方式，构成他们艺术实验中的个人魅力和独立的主张，由此填充着陶土在当代艺术中的空缺。

本书在对中国当代陶艺发展的叙述中采用了平铺直述的方式，其中发展脉络分明，其人员、展事、研究和教育、以及传媒和收藏一目了然。就直觉来说，陶土艺术的当代发展理论探索和研究是一个薄弱的环节，虽然中国享有"陶瓷之国"誉名，但传统因素对陶土艺术却毫无桎梏之力，艺术家们在创造中无所拘禁，为所欲为的干自己喜欢干的事情，尽情在泥土上撒野，这种方式让我们感到羡慕。一本《美术文献》以"现代陶艺专辑"曾让我对上述陶土艺术家们和他们的作品有个基本的了解，我感受犹深的是陶对形的要求是苛刻的，这或多或少的限制了艺术家们创造时的主观要求，受客体的要求，制作者必须对陶泥载体进行有形的阐释和求证。有人或有物为本的表现，作者往往注定在特定动作和表情的发挥之中，雕塑陶艺家善于利用材质作肌理效果，并以此达到感化和刺激观者的艺术目的，在这一细微处是雕塑无法企及的。作者在本书中特意强调了以陶为轴、以陶为创作的艺术家之间的区别，从事当代陶艺的艺术家许多是能驾驭多种艺术语言的多面手，其学院的出身和教养使他们面对这一古老的工艺性工作时，让我们感受到现代造型语境、智性的思考、抽象与变异、乃至绘画与装置旁类艺术的多方介入，让泥土成为一种文化与我们重新审视它的定义。

从业于陶土艺术的有一批数量可观的女性。她们敏锐、细腻、脆弱的心灵书写在陶土艺术中得到了极好的发挥。由于性别间涉及心理、生理的细微末梢的反馈，这些年轻的女性在这个领域中的创造显示了美妙而又轻盈优雅的品质。她们不顾忌清规戒律，在多元的选择中导入个人私人空间的进入，任性使然的编织断裂的片断或情性的梦幻，她们去掉了精神复杂性，去掉了历史和现实间的沉重负荷，其坚实、天真、自然等因素通过泥性的朴实表述，确实让我们对陶土艺术的属性和文化内涵有了全新的理解或刮目相看起来。

对于陶土的认识，由于传统陶艺粗糙的外壳和远古造型的儒雅气场总唤起我们原始单纯的宗教情感,这种视觉经验妨碍我们对当代陶土艺术的基本判断。现代社会不可能皈依原始时代,今天,当我们面对五光十色的都市生活,充满各种金属文明的包裹之中,快捷便利的网络化数字化生存,宝马奔驰和波音载着我们满世界跑,金属和电器的神奇闪光让我们深感窒息,难道我们心灵没有一种渴望。远离自然对人类是一种悲哀,人的属性中具有一种深深的泥土情结,它与现代性是毫不矛盾的,因此,陶土启开人性对单纯、质朴、亲切的恋结,都市中陶吧的兴起,人面对陶土时的欣慰,其中悄悄地解说着现代人的心灵秘密,这或许是陶土艺术在当代文化中不可缺席文化使命,我们没有理由对它不屑。

至于《超越泥性》的写作体例,作者是一步一个脚印,曾三易其稿,作者说道:"这些年来,我边创作边研究,见证了中国现代陶艺从萌芽到初步发展的风雨路途。期间也有进行相关写作的冲动,但对我来说,运用文字的难度远远大于画笔和陶土……在这本书的写作中,除了十来年积累的资料和感同身受的点点滴滴,我能凭藉的最大资本就是自己对现代陶艺发展的热情"。我接触的作者感受到其写作确实是艰辛的过程,至少,本书弥补了陶艺在当代艺术领域中的空白。纵观全书,从得失而谈,该书重记述,客体演进重于主体发挥,强调事件过程和发生的流变,尽管作者提供了详细的图片资讯,但从文本中我们希望找到切实有力的理论性证据。当代陶艺应该具有它基本的文化形态。以上,是我对本书整体内容的评估。

当代陶艺在中国尚年轻,因此,它的成功与否,不要急于下定论,但有一点可明确,它不拘一格的表现力,它崇尚真诚朴素艺术态度,它立足于独立的现代思维的状态,使这一新的陶土艺术在整个当代文化形态中显示了它非常的功能,它正从原来所依附的传统形态中解脱出来,朝着一个健康的局面发展。

邹建平

2002 年 7 月 9 日于高桥

第一章

概　述

　　本书是对近 20 年来中国现代陶艺发展状态的记录。陶瓷艺术在中国源远流长，但作为中国现代艺术重要组成部分的"现代陶艺"，应该追溯到 20 世纪 80 年代。在此书中，我试图将中国现代陶艺放在现代艺术兴起的大背景下，对其发展状态做出整体勾勒，在评析事件、艺术家、作品的基础上，明晰中国现代陶艺迄今为止的发展路向。

第一节　　世界现代陶艺的起源

　　现代陶艺是随着西方现代艺术大潮的兴起而产生的。其特征包括：以陶土和瓷土为材料，但绝不囿于传统陶艺的古老创作规范，在造型、用釉、烧成、展示方式等方面大胆创新；不仅仅追求符合大众审美观念，强调艺术家的自我意识，在作品上贯注自由的主体精神；彻底抛弃传统陶瓷产品必须"实用"的观念。总之，"现代陶艺"并非泛指现当代所有陶瓷艺术，而是一种在艺术追求上具有明确指向性和相对独立性，以陶瓷材料为媒材进行实验性探索的艺术样式。

　　现代陶艺的兴起，与艺术大师的参与和推动密不可分，可以溯源至 19 世纪末、20 世纪初的艺术大师们的创作。法国雕塑大师罗丹在 1890

1.毕加索《彩绘人体》陶 34 × 30 × 20cm 1180℃ 1948 年

年左右曾在一家陶艺工厂从事陶艺创作，印象派绘画大师德加、雷诺阿也投入了陶艺创作的行列。晚期印象派绘画大师高更还出版了陶艺专辑。继印象派之后，马蒂斯、毕加

2.米罗《小猫头鹰》陶 55×48
×20cm 1230℃ 1954年

索、米罗都热情参与了陶艺创作。1948年，毕加索曾在巴黎举办过有
500余件现代陶艺作品的展览。毕加索的陶艺作品是传统制陶工艺与雕、
塑、绘结合的产物，作为一个画家，他以画入陶，既把平面绘画与非平
面造型结合起来，又试图把立体的造型平面化。（图1、2）

　　这些大师们的作品绝妙地把握了陶瓷的材料特性和工艺特点，并对
其进行了淋漓尽致的发挥，从而在泥性的肌理中自然而然地贯注了自身
的艺术理念和追求。这对当时及后来的陶艺创作从手法和艺术观念上都
产生过巨大的影响。

　　迄今为止，现代陶艺的最初起始时间尚未有公认的结论，但其艺术
表现形式源起于20世纪中叶则为当下东西方学者所认同。20世纪50年

代初，英国陶艺家博纳·李基（Bernand Leach）与日本陶艺家滨田庄司、日本民间艺术理论家柳宗悦访问美国。柳宗悦的"神学"艺术理论以及对民间艺术的推崇大大影响了美国的陶艺界，使得一些陶艺家对自然顺变和直觉的表达方式产生了浓厚的兴趣，并在抽象表现主义、行动绘画理论中找到了共同点。

1951年，在美国现代艺术博物馆举行了"美国绘画和雕塑"现代艺术展，抽象表现主义成为美国艺术史上最有生命力的一股创新方向。1954年，彼得·沃克斯（Peter Voulkos）受聘于洛杉矶县立美术学院（后改名为"奥蒂斯美术学院"）。彼得·沃克斯早年受到李基的影响，十分赞赏日本民间粗陶和一些东方文化观念，佛教中的坐禅也成了他课堂中经常讨论的题目。同时，他也从"美国绘画与雕塑"现代艺术展中受到了极大的触动，并受到抽象表现主义和行为画派的影响。彼得·沃克斯主张将绘画中的表现因素融入现代陶艺创作，追求放任、偶发性、自由和率真的情感表达，并将这种新的风格和样式很自然地与李基和滨田庄司的主张结合起来。这种风格后来被划为陶艺界的抽象表现主义。（图3）

在洛杉矶县立美术学院，彼得·沃克斯团结了鲁迪·奥狄欧、安纳森、保罗·苏特纳等进行现代陶艺探索，他们的尝试后来被称为"奥蒂斯革命"。与此同时，在东方的日本，以八木一夫为代表的现代陶艺家们也在实验全新的创作样式。1954年，八木一夫创作了《萨姆萨先生的散步》，成为日本现代陶艺史上里程碑式的作品。这件作品产生了"犹如毕加索的《亚威农少女》对美术史的影响"。英国、加拿大、澳大利亚、荷兰、法国以及东欧的许多国家的艺术家都非常重视新的陶艺观念和探索，抽象表现主义、波普风格、荒诞风格、极限主义、象征表现主义、理性象征风格、浪漫抒情和装饰风格、具象风格、超写实主义风格、与现代环境艺术相融合等新观念纷纷出现。（图4）

3.彼得·沃克斯《花瓶》陶 99×26.7×26cm 1300℃ 1975 年

4.八木一夫《萨姆萨先生的散步》陶 60×40cm 1230℃ 1954年

可以说，世界现代陶艺的萌芽与发展与"奥蒂斯革命"和八木一夫的创作实践是分不开的，正是他们将具有数千年历史的陶瓷，从实用容器为主的现代美术范畴，推进到了抽象主义陶泥的创作风格。现代陶艺由此在世界范围内兴起。

第二节　　中国现代陶艺的兴起

尽管中国一直有着"陶瓷之国"的美誉，但直到改革开放之前，现代陶艺的影响几乎为零。改革开放后，随着西方各种艺术思潮和现代艺术观念的大量涌入，中国的现代艺术才逐渐萌芽和活跃起来。国外艺术书刊相继引进，国内各种美术刊物陆续创刊，艺术界的对外交流日益频繁……在这样的大环境下，世界各国的现代陶艺作品也被介绍到国内，现代陶艺观念终于在时代的潜流中悄悄引入了中国。

和装置、影像、行为等西方现代艺术一样，现代陶艺观念从引入的那一刻起，就与旧有的艺术观念产生了冲突。与其它艺术形式相比，现代陶艺在中国发展更为艰难。中国陶瓷艺术历史悠久，传统审美意识根深蒂固，早已形成了固有的观赏模式和惰性，现代陶艺观念与传统陶瓷规范的冲突也就更为激烈。中国传统陶艺是附属于陶器的，"实用而尽量美观"的观念决定了陶艺只能属于工艺美术，其功能只是实用加玩赏。在这种情况下，陶艺家的才智受到了"制器"的局限，陶艺家也更接近于工匠，无法融入现代艺术的潮流。而现代陶艺的作用在于它延伸了原有陶艺的艺术属性，使陶艺家不受"制器"的限制，可以在更广阔

5.1990年，湖北美术学院举办第一届现代陶艺研习班。图为李茂宗与全体学员合影

的审美和价值批判领域里自由驰骋。在制作现代陶艺作品时，陶艺家既可以在原来的设计领域里继续有所作为，又可以充分发挥其艺术家的天性，涉足雕塑、装置等众多艺术领域，针对现实进行有价值的文化批判。因此，现代陶艺要发展，首先要脱离对"制器"和固定造型的依赖，才能真正走向一个更广阔的天地。

中国陶艺的发展与中国当代艺术的大环境息息相关。对中国艺术来说，20世纪80年

6.李茂宗《原乡》34×30×24cm
1230℃ 1972-1982 年

代是困惑与探索并存、守旧与创新交织的年
代。1985年以后，全国共有近百个青年美术
群体，构成了"'85美术运动"。1986年8月，
《中国美术报》与珠海画院联合在珠海召开
了"'85美术思潮大型幻灯展"以及交流会，
共收集了1000多件幻灯作品。在这次展览会
上，与会者提出了举办全国性现代艺术展的
动议。展览后有相当多的论文著作问世，其
中50万字、近300幅图的《中国当代美术史：
1985－1986》一书，对这两年的美术界状况
进行了较为全面客观的描述。①

　　正是在'85美术运动的大背景下，1985
年8月，美国陶艺家李茂宗第一次访问大陆。
在大陆，李茂宗举行了一系列的讲座，对美

7.黄雅莉《红土系列》参加1989
年中国现代艺术展

国、台湾的现代陶艺作品做了全面的介绍，引起了陶艺界的广泛关注。当时的高校中不少听了他的讲座的老师和学生后来都成了中国现代陶艺的主干力量。《美术》1986年第1期发表了顾月华的文章《玩泥的人——陶艺家李茂宗》并介绍了李茂宗的作品。（图5、6）

同时，现代主义思潮的兴起也给陶艺家们带来了正面的冲击，动摇了他们固有的观念。从敏锐把握潮流的陶艺家的作品中，人们不难看到观念的突破和形式语言上的一些可喜变化，如陈淞贤、李正文、周国桢、姚永康、尹光中、曾鹏、曾力、梅文鼎等。他们作品风格样式的突破，与当时美术界的整体思路有着内在的联系。但总的来说，早期的陶艺家们主要还是在吸收民间资源和借鉴国外艺术家作品，前者如剪纸、土陶、原始图腾、云南砂陶装饰，后者如美国、日本一些陶艺家的作品。

1989年，"中国现代艺术展"在中国美术馆举行。此次展览囊括了绘画、雕塑、装置、行为艺术等各类型的现代艺术作品，还配合放映有关的资料录像、幻灯。此次展览是中国十年现代艺术的一个句号，并推出了包括徐冰、王广义、张晓刚、黄永砅在内的一批后来在国际上产生了影响的艺术家。

在美术界激情高涨地进行展览、交流的时候，中国现代陶艺家们正处于思考和初期探索中。在当时，中国陶艺和现代艺术潮流并不契合，

8.孙保国《嘴、鼻、牙瓶》参加1989年中国现代艺术展

与油画、雕塑、水墨等艺术相比，陶艺作品仅仅被纳入民间艺术或是雕塑的范畴，更谈不上引起国内理论界和国外策展人的注意。与现代艺术新材料、新形式层出不穷的潮流相反，不少陶艺家陷入了调配原料、上釉等等一味钻研材料的误区，而不是像其他门类的艺术家那样注重表达自身的艺术理念、张扬自己的艺术风格。查阅当时的原始资料可以看到，后来活跃在陶艺界的艺术家中，只有孙人（孙保国）、黄雅莉、左正尧直接参与了1989年的"中国现代艺术展"，后者是以画家的身份参展，从中不难看出当时中国现代陶艺的在参与国内大型展览时的基本状况。（图7、8）

从"现代陶艺"观念在中国出现的那一刻起，就有一股强大的传统势力与之对抗着。这股势力来自两个方面，其一是院校中一部分德高望重、传统观念根深蒂固的老前辈，他们将自己几十年创作和研究中形成的审美观念视为艺术创造的唯一标准，强调"点、线、面、体"，把发掘民间美术、原始美术并将其符号化作为创新的全部内容，把现代陶艺视为对传统陶瓷的创新设计而纳入陶瓷艺术设计的范畴。这在客观上对现代陶艺产生了极大的负面影响。其二是来自陶瓷生产第一线、身怀绝技的艺人。他们诙谐地把在制作过程中拉不圆的坯、拧成麻花状的坯和残坯破坏一概称为"陶艺"。这一方面说明他们对现代陶艺的观念隔膜，另一方面也可以看出，现代陶艺的先行者们在尝试现代表述语言的过程中单纯注重观念、忽视工艺技术，对形式语言认识片面贫乏，从而给众人造成了如此可笑的印象。

最遗憾的是，就当时中国艺术界的整体状况而言，陶土材料并没有引起先锋艺术家的注意，而这对现代陶艺的发展是尤其重要的。在二战以后的美国和意大利等国，艺术家们充分利用陶土资源，在技术革新基础上展开了陶艺运动，这不仅仅推动了现代陶艺的发展，也使后现代主义呈现出真正的多元性。一批先锋艺术家加盟到现代陶艺创作中，他们

17

将许多包豪斯的设计理念与当代社会学方法相结合，在揭示政治、战争、宗教、种族政策、环境保护等一系列问题上，陶材都发挥了极大作用。反观20世纪80年代的中国，大量敏锐的先锋艺术家更多关注油画、中国画、装置、影像、行为艺术等，陶土作为一种媒材的价值往往被忽视。同时，也由于陶瓷材料的特殊工艺难度使先锋艺术家们不敢问津。这一遗憾直到1996年左右才得以弥补，长达10年的断层，造成了中国现代陶艺长期游离于主流艺术之外的状况。

第三节　　中国现代陶艺的发展

如前所述，中国的陶艺在一开始便与学院有着不解之缘。从20世纪70年代末、80年代初高等院校中师生们进行的早期创作实践开始，老一辈陶艺家如祝大年、周国桢、张守智、尹一鹏、杨永善、陈淞贤等在现代陶艺人才培养上做出了有益的尝试，培养了一批中青年陶艺家。但从另一方面说，现代陶艺也大体上局限于高校，没有在社会上引起广泛的反响。

20世纪90年代前期，中国现代陶艺界相对比较沉寂。陶艺家们受到国外先进艺术理念的影响，从器皿造型的框架中过渡到雕塑和单纯造型语言。不少陶艺家做出了颇有现代陶艺风格的作品，但大多还是一种在原有基础上的自发行动，没有理论指导，更没有进行纯粹的现代陶艺的思考，只是"用雕塑的观念做现代陶艺"。

经过十余年的实验性探索之后，中国现代陶艺终于在90年代中期

9.广东美术馆"超越泥性——当代陶艺学术邀请展"部分参展作者合影。左起：郑祎、罗小平、左正尧、白磊、张晓莉、黄美莉、吕品昌、刘正、周武、杨国辛、陆斌

开始走上了良性发展的轨道，逐渐形成健康发展的氛围。一系列主题明确的展览为现代陶艺的发展推波助澜，发挥了重大的作用。1995年8月，景德镇陶瓷学院举办了"景德镇高岭国际陶艺研讨会"；1996年9月，江西陶瓷研究所和日本陶光会联合主办了"中日陶艺展"；1996年开始，广东美术馆陆续举办了"感受泥性"、"超越泥性"、"演绎泥性"、"单纯空间"等一系列主题鲜明的现代陶艺大展；1997年，文化部和中央美术学院联合举办了"中国当代陶艺展出国巡回展预展"；1998年开始，中国美术学院举办"中国当代青年陶艺家作品双年展"；1998年5月，宜兴

10.第二届中国当代青年陶艺家双年展展出现场

市陶艺协会主办了"'98中国宜兴国际陶艺研讨会";1999年,中国历史博物馆开始百年世纪陶艺收藏工程,北京乐陶苑和中央工艺美术学院联合主办了"'99北京迎千禧陶艺邀请展",佛山南风古灶主办了"南风古灶千年烧";2000年,佛山市政府主办了"佛山国际陶艺研讨会",景德镇陶瓷学院主办了"瓷的精神"国际陶瓷艺术研讨会暨国际陶艺家作品交流展;2001年,中国陶瓷协会主办了"八千年齐鲁古陶之旅——中国淄博21世纪国际陶艺发展论坛",江西省陶艺专业委员会主办了"2001中国宜兴国际陶艺研讨会暨陶艺展",北京乐陶苑主办了"富乐国际陶艺创作营"，中国美术家协会主办了"全国陶瓷艺术作品展"……在短短的几年里，密集的展览和活动使中外陶艺家有了交流和展示的平台，大大提高了中国现代陶艺的平均水准。（图9、10）

随着展览的大量举行，专业刊物对现代陶艺的关注增加了。1997年罗小平首次在《雕塑》、白明在《江苏画刊》等颇有影响力的专业刊物先后开设了现代陶艺专栏。1998年8月，许以祺在北京创建"乐陶苑"并创办《陶艺家通讯》，此刊向全世界交流发行，介绍以中国陶艺动态和中国陶艺家为主的世界现代陶艺发展动态。

同时，中国陶艺家开始走出国门，与世界陶艺进行前沿对话。从1999年开始，中国陶瓷艺术家代表团每年都参加了美国陶艺教育年会，2000年3月的美国陶艺教育年会期间在丹佛市印蒂哥斯画廊举办"中国当代陶艺展"。2001年世界陶艺博览会在韩国京畿道利州、骊州及广州举办。中国30位陶艺家作品参展。（图11）

随着这些活动的开展，"在90年代后期终于形成由一批富有创新意识，实验精神和文化思考的中、青年陶艺家组成的创作力量，并且在这支创作力量的带动下出现了全国性的陶艺创作热潮。应该说，这是中国当代艺术综合场景的一个重要组成部分，它标志着中国当代艺术多元化格局的成熟和完善。"[2]

这支中、青年陶艺家队伍和已取得成就的中老年陶艺家同时构成了当今现代陶艺界的中坚力量，他们是：陈淞贤、姚永康、李正文、陈进海、白明、刘正、白磊、罗小平、陆斌、吕品昌、左正尧、周武、沛雪立、夏德武、杨国辛、张晓莉、陈光辉、王海晨、许群、李蓓等。他们的创作风格各异，但无论是专业陶艺家，还是产区陶艺家以及在偶尔用陶艺进行创作的艺术家，都在作品中贯注了自身的艺术理念和思考，并在材料、造型、烧成等方面进行了大量新的尝试，取得了一定的成就。

尽管现代陶艺已经有了相当的发展，但不可否认，中国现代陶艺发

11.1998年宜兴国际陶艺研讨会开幕式

展时间不长，风格样式也不成熟，更没有形成人数可观的高水平创作队伍。面对现代陶艺的发展现状，陶艺家们心态各异，有坚守堡垒的艺匠，也有力求改良的学者；有突破创新的实验性陶艺家，也有深陷于西方观念中不能自拔的执迷者；还有一些对陶艺理念没有真正悟道而又身在其位的学术权威。这种浮躁的状况需要时间去沉淀，更需要一批勇于创新和突破的青年创作人才以摧枯拉朽之势去扫荡、去推进，使中国现代陶艺真正走上与世界同步发展之路。

注：

①见吕澎、易丹：《中国现代艺术史——1979－1989》，湖南美术出版社，1991年

②见皮道坚《拓展眼界的当代陶艺》，《演绎泥性》，广东美术馆，2000年

第二章

陶艺展览

对陶艺家而言，展览是创作成果的展示；对社会而言，展览则是关注现代陶艺发展的窗口。从 20 世纪 80 年代初至今，民间机构组织的个展、小型群展日趋增多，学术机构精心策划的大型展览也渐成规模。各类展览为大陆陶艺家之间、大陆陶艺家与港澳台乃至世界陶艺家的交流提供了最好的平台。正是在各种展览的推动下，人们对现代陶艺的认同度日渐提高，渐渐形成了有利于现代陶艺发展的良好氛围。

第一节　　个展和小型群展

20 世纪 80 年代初期，中国陶艺家们基本上处于各自为战的状态，不少潜在的力量仍在聚集、酝酿。而从 1984 年到 1989 年，中国现代陶艺展依然没有形成整体呼应的态势，只有小规模的群展和个展零星出现。国内综合艺术展览常有现代陶艺作品入选，但这些作品往往被人们看成雕塑，而不是纯粹的陶艺。

在当时，不仅仅是陶艺展览，其他的现代艺术展也显得比较冷清。直到 20 世纪 80 年代中期，人们的注意力依然集中在各级美协举办的官方展览上。如 1984 年的第六届全国美展就引起了普遍的关注。当时中央

12.曾鹏《渔鸟》陶 36 × 28 × 15cm 1230℃ 1990 年

美术学院曾特别为此展览举行了座谈会，与会者认为展览总体上有重题材、轻艺术的倾向，没有出现令人满意的作品。这也引发了人们对中国艺术发展状态的进一步思考。

在零星出现的个展和小型联展中，佛山石湾陶艺家梅文鼎、曾鹏、曾力的联展颇为引人注目。从20世纪80年代初期开始，他们就利用石湾优质的陶土和丰富的釉料开始了现代陶艺创作。他们分别于1984年7月1日在广东民间工艺馆、1984年9月7日在香港艺术中心以及1985年7月13日在中国美术馆、1985年10月1日在佛山市青少年文化宫以"石湾现代陶器展"为名四次举办联展，引起了社会各界、尤其是陶瓷美术界的强烈反响。在这四次展览结束后，岭南美术出版社于1986年出版了《石湾现代陶器》一书，广州美术学院的李正天为此书写序，对三位陶艺家的作品进行了逐个分析，并给予高度的赞扬：(图12)

"只能用迷醉二字，才能表达我当时的心情，爱因斯坦的相对论在发生作用，时间竟然过得飞快。巨大的艺术引力，使我不由自主地先后看了7趟，还觉未能看够。我完全沉迷，陶醉在他们创造的艺术世界之中了！……他们从民间艺术中，玛雅文化中，以及从殷、周、汉、唐甚至欧洲、非洲的艺术中吸取了多少宝贵的养分啊！他们是典型的"拿来主义"者。正因为如此，他们的作品，不用解说不用翻译，也能使很多中外人士理解和珍爱。"[1]

当时，由于长期以来现实主义创作理念的垄断以及"外师造化、中得心源"、"形似"、"神似"等根深蒂固的传统审美观念影响，中国艺术家们虽有表现个性、表达个人情感、表现人性的艺术欲望，但却找不到合适的表现手段。少数现代艺术急先锋的艺术行为，往往也只是对西方艺术手法的机械模仿。在这种情况下，"三人创作群体"的艺术实践显得更真实、更具有开创性。他们的陶艺作品和系列展览，给中国陶艺界带来了新的思路。

13.孙保国现代陶艺展海报

与此同时，一系列与现代陶艺相关的个展、联展陆续展开：

1984年，贵州艺术家尹光中用砂陶制作了"华夏诸神"百像，并在贵阳举办陶艺展，中央电视台以《怪才尹光中》为题进行报道。1984年11月，"尹光中、刘雍、王平陶艺展"在北京"静息轩"展出，接着1985年，在北京人民剧院举办了"尹光中、高行健陶艺绘画展"；

1985年，"谭畅陶艺第1回展"在广州美术学院美术馆展出，使广州美术界对现代陶艺有了新的认识。同年，谭畅应邀赴湖北省蕲春岚头矶参加"首届全国部分陶艺家研讨会"。1986年，广州广东民间工艺馆展出"谭畅陶艺第3回展"，展后230件作品全部捐献给广东民间工艺馆。1988年"谭畅陶艺第4回展"在广东民间工艺馆展出。1994年11月，广州美术学院岭南画派纪念馆举办了"谭畅陶艺第5回展"；

　　1986年1月，"王佳楠、施本铭、刘溢、丁品陶艺展"在中国美术馆举行。此次展览展出270多件作品，以陶艺作品为主，并包括部分铁皮雕塑、纸雕塑和木画作品。1988年7月5日至7月18日，由浙江省陶艺学会、浙江美术学院工艺系主办，在浙江美术学院陈列馆举办了"孙保国现代陶艺展"。此次展览展出了孙保国的《眼柱瓶》、《庄稼鬼》、《酋长》、《山海经》等黑陶、赤陶作品；（图13）

　　1991年2月22日至3月22日，左正尧在广州雕塑院举办了个人国画及陶艺作品展，展出了左正尧在蕲春和佛山烧制的陶艺

作品100多组、400余件，在陶艺界引起强烈的反响。在观众的强烈要求下，展出时间一再延长……（图14）

从以上寥寥几个展览，我们不难看出当时陶艺面临的境况。虽然这些展览在社会上都引起了一定的反响，但从整个陶艺界的状况来说，这种展览的力度还是不够的。个人举办展览，在资金、场地、展出时间、宣传等方面都受到各种限制，难以在学术层面上引起进一步的研究和交流。

20世纪90年代中期之后，在部分热心的策展人的推动下，各个美术馆、博物馆开始关注陶艺家个体创作成果的展示，并从场地、资金等方面给予支持，个展和小型群展数量增加了，并为大型陶艺展览的举办提供

15. 胡咏仪《再生》陶 14×10×10cm/件 1230℃ 1991年

16.珍比露《远古的声音》陶 50 × 29 × 25cm 1230℃ 1996 年

了契机。

1997年9月至11月，香港临时市政局在中国美术馆、广东美术馆举办庆回归"香港艺术1997：香港艺术馆藏品展"，展出陶艺家李慧娴、珍比露、陈炳添等人现代陶艺作品。珍比露的陶艺作品《横互交错的流向》，用陶板、木材等混合媒材镶嵌而成，陶板被施以不同的釉色进行煅烧，整件作品颜色交错，如同现代城市的缩影。李慧娴展示了她的作品《洗礼》，作品将宗教的洗礼仪式作为命题，表现出了充满生活温情的轻松状态。她创作的一组表情各异的半身人像，充满了生活的幽默感，表现出陶艺家对人间百态的细致观察和幽默演绎。整幅作品的陈列犹如中国象棋棋盘，划分为楚河汉界，中间有两人做对峙状，名为"洗礼"，实则为"棋局"。胡咏仪展示了一组8件构成的《再生》，作品呈现出陶土的原始本质，试图透过作品探讨宇宙原形的奥秘，利用立方和球状体表现视觉张力，引领观众进入自我体现的旅程，观照生命起源和本质的意义。作品上薄施亚光釉，采用还原烧成，整件作品透出质朴的艺术魅力。总的来说，这些陶艺作品本身在制作技术和学术水平上具备了相当的水准。（图15）

1998年5月12日至6月30日，广东美术馆举办了"殊陶同路——香港乐天陶社陶艺邀请展"，邀请了郑祎、胡咏仪、罗士廉、珍比露等在港陶艺家参展。开幕式当晚，香港艺术家在广东美术馆作了幻灯讲座。（图16）

2000年6月17日至7月16日，广东美术馆举办了"陶艺工作室（广东）作品联展"。这次展览展出了陈永锵陶艺工作室、庄稼陶艺工作室、佛山美陶厂陶艺作品。

第二节　　　大型展览

就数量而言，20世纪90年代初期的展览和研讨并不算太多。但就在为数不多的展览和研讨会上，固有的规范一次次被触动，现代陶艺理念逐渐开始普及，为90年代后期的初步繁荣打下了基础。

1991年5月，湖北美术学院在湖北美术馆举办了首届湖北现代陶艺展。此次展览策展人为李正文和谢跃。当时国内的现代陶艺氛围刚刚开始形成，此次展览便是为了给北京国际陶艺展做准备。湖北陶艺界对此次展览投入了极大的热情，武汉工业大学的叶双贵甚至用卡车拉作品来参展。当地媒体对此次展览也给予了充分的关注。参展陶艺家有李纲、李正文、谢跃、张晓莉、陈业瓒、钟鸣、郭安东、皮云龙、叶双贵、冯建平、李丹琳、吴小平等，展期为10天，展出作品近100件并出版了图录。

艺术家的作品只有以整体的形象推向社会，才能具备足够的力度。90年代中期以后，不少颇具实力的现代陶艺家都在高校任教，学院陶艺家开始呈现出整体的风貌；加上美术馆从学术的高度持续进行研究、展示和推广，并以文本和画册总结介绍展览情况，大大扩充了展览的外延，在社会上产生了广泛的影响。如广东美术馆的"超越泥性"、"演绎泥性"、"单纯空间"展将青年陶艺家以整体面貌推出，就大大吸引了传媒的关注，中国美术学院举办的"中国当代青年陶艺家双年展"也产生了类似的效果。除了美术馆和学院推出的系列展览，陶艺界还举办了大量研讨会、陶艺夏令营、现代陶艺评比等，这些活动都使得现代陶艺渐渐形成了整体的力度。随着现代陶艺的发展，国内逐渐形成了北京（清华大学美术学院、中央美术学院、北京乐陶苑）、杭州（中国美术学院包括上海）和广州（广东美术馆包括佛山）三大学术研究和展览基地。

1997年3月3月10日至3月20日，由中华人民共和国文化部、中央美术学院共同策划的"陶瓷的国度——中国当代陶艺国外巡回展"预展在中央美术学院举行。这是一次全国性的大型展览，策展人为中央美术学院副院长范迪安和陶艺家吕品昌。1996年，他们在全国范围内逐个与艺术家见面并挑选作品，最终确定李正文、罗小平、孙家钵、白明等数十名艺术家参展。参展作品由文化部组织送往国外做长期巡回展出，

17.1997年3月,文化部、中央美术学院在中央美术学院展览馆举办了"陶瓷的国度——中国当代陶艺国外巡回展"预展。图为评委在评选作品。左起:范迪安、吕品昌、郑文等

所有入选作品全部由文化部收藏,文化部给每位作者颁发了收藏证书。(图17)

1997年11月举办的"感受泥性——当代陶艺邀请展"是广东美术馆开馆时的重要展览之一。此次展览相对集中展示了广东及周边地区陶艺家的作品,包括了老陶艺家谭畅、高永坚以及中青年陶艺家梅文鼎、刘藕生、曾力、杨国辛、曾鹏、杨诘苍、张温帙、夏德武、左正尧、石磊、邱耿钰、吕品昌、黄

修林、杨英才、戴舒丰、饶畅、阿鱼等。展览同时由辽宁美术出版社出版了画册《感受泥性——当代陶艺邀请展》。该画册收入了李茂宗的《中国陶艺创作的传统与创新》和娄毅的《现代陶艺的兴起与发展》两篇专论。此外，梅文鼎从个人创作的角度出发，从陶艺的应用性、肌理、内涵、共性等方面对石湾陶艺进行了论述。

策展人左正尧在此次展览的前言中指出，重视和推进中国陶瓷艺术的再度繁荣发展，已经成为艺术家们的自觉责任和事业所在。广东美术馆希望从不同的角度对现代陶艺的认识及发展进行探索，并打算将陶瓷艺术作为展览重点及学术研究重点之一，每年或双年举办一次能反映当代国内、国际陶艺现状的较大型陶艺展览。也正是从这一年开始，广东美术馆开始按年度出版《现代陶艺》丛书，从理论、交流展览及收藏等方面较系统地对当代陶艺进行研究。

在此次展览中，老艺术家谭畅参展的基本是已经定型的作品，高永坚先生展出的则是釉料研究的固有成果。梅文鼎的参展作品以立型为主，高度都在1米左右，如《大音希声》、《适者恬愉》、《命运》等。刘藕生参展作品为《达摩》、《九歌大司命》、《吴昌硕》等人物造型。曾鹏、曾力的作品是广东美术馆从广东民间工艺馆藏品中借调的，带有明显的装饰风格和小品样式，如《企鹅》、《鹿》等等。杨诘苍的作品则是林墉先生从个人收藏中捐献给广东美术馆参展的。左正尧、夏德武、杨国辛、吕品昌、石磊等都拿出了代表个人风格和样式的作品。(图18)

此次展览是广东美术馆对现代陶艺状况的第一次尝试性展示，其主要宗旨是整体上反映广东乃至全国陶艺家的创作现状。从严格意义上说，此次展览在学术定位上不够明确，入选作者的年龄层次以及作品的创作观念等不属于同一层面，但无论如何，展览唤起了人们对于现代陶艺的关注，陶艺作为独立的艺术门类被推到了学术层面，为此后广东美术馆举办的一系列的陶艺展览打下了良好的基础。

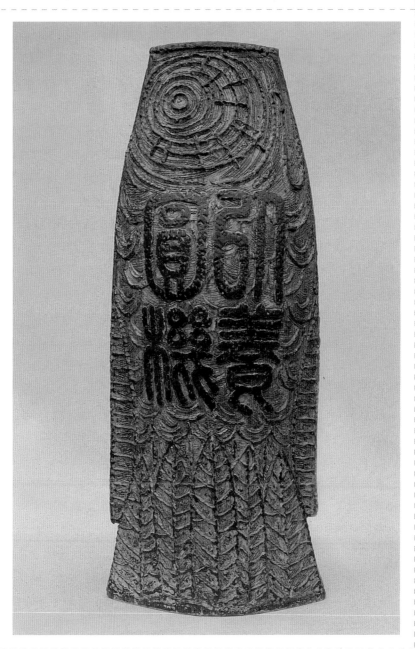

 1998年11月7日至12月7日，由陈淞贤策划的"中国当代青年陶艺家作品双年展"在杭州中国美术学院展览厅举行。组委会正副秘书长为刘正和周武，组委成员包括罗小平、孟庆祝、吕品昌、陆斌、井士剑、邓君超、唐楷之等。国际陶艺学会副会长珍妮特·曼斯菲德出席了开幕式。此次展览邀请了来自中国大陆、香港及台湾和美国的22位青年陶艺家，他们是：井士剑、白磊、左正尧、刘正、刘茜、许群、吴光荣、周武、罗小平、金文伟、杨文宏、周光真、孟庆祝、张晓杰、张晓莉、陆斌、胡小军、赵蔚明、黄美莉、黄春茂、黄焕义、戴雨享。

 此次展览经过近一年的策划、筛选，最后参展作品70余件，较全面地展示了中国青年陶艺家的艺术风貌。参展作品充满了探索性和实验性。展览在国内陶艺界产生了相当的影响，当地媒体以及《江苏画刊》、《时尚陶艺》、《陶艺家通讯》、Ceramics：Art and Perception对展览均有专题报道。展览出版了作品集，并举办现代陶艺理论研讨会。从此次展览可以看出，中国陶艺家们的观念已呈多元发展倾向。展览不仅展示了当代陶艺的丰硕成果，而且显示了陶艺在中国发展的巨大潜力，同时也让人深思：当代陶艺与传统陶艺具有怎样的关系？它给我们带来了怎样的机遇？又面临怎样的挑战？

 在新举办各种展览的同时，原有的全国性陶瓷展览也在继续进行。1998年12月，中国陶瓷协会主办的第六届全国陶瓷艺术设计创新展评会在上海举行，各地的陶瓷厂、陶瓷研究所和部分院校的师生参加了评奖和展出活动。按照以往的惯例，参评的作品分为日用陶瓷和艺术陶瓷两大类。评奖之后召开了评委和部分参展人员的座谈会，对获奖和展出的作品进行了评价。近几年来中国现代陶艺的发展迅速，而传统意义上的陶瓷艺术设计创新展评会却受到了极大的挑战。参加此次创新展评会的作品和人员素质参差不齐，艺术陶瓷类的作品得到了主办单位的肯定，而日用设计方面却不尽如人意。日用陶瓷在数量上少于艺术陶瓷；在艺术设计水平方面没有显著的提高，反而不及往届。随着时代的发展，纯艺术已经从实用工艺中剥离出来，走上了独立发展的线路。这种将现代陶艺和实用陶瓷放在一起展览的做法以后恐怕会越来越少，日用陶瓷设计同样应该走上单纯的学术发展线路。

继"感受泥性——当代陶艺邀请展"之后，1998 年 12 月，广东美术馆举办了"超越泥性——中国当代青年陶艺家学术邀请展"，参展艺术家包括杨国辛、张晓莉、陈正勋（台湾）、左正尧、罗小平、陆斌、黄美莉（香港）、吕品昌、孟庆祝、刘正、白磊、郑祎（香港）、周武。

"在由观念艺术派生的装置艺术、行为艺术、影像艺术、方案艺术和环境艺术已成为流行表现形式的当下，陶艺的发展进程更面临着时代的挑战。可喜的是，近年来一些活跃的中国青年陶艺家，克服了种种困难，在观念更新和材料变革等方面进行了大胆的探索和研究，从陶艺的媒材特点提出'问题'，切入当代社会文化情境。中国当代陶艺的发展需要一群勇于探索的试验性陶艺家，用当代的陶艺语言来进行广泛的交流与对话。广东美术馆自开馆以来，一直致力于中国当代陶艺课题的研究，关注当代试验性、学术性陶艺的演进，并将从不同层面和角度展示中国当代陶艺的发展现状，广东美术馆将努力成为中国当代陶艺重要的研究基地和展示窗口。"[②]

此次展览除了在"感受泥性——当代陶艺邀请展"的基础上保持了一部分原有的参展作者以外，也在港台地区发掘了一批新的青年作者参加，如香港的黄美莉，郑祎和台湾的陈正勋都是第一次以陶艺家身份参加大陆的展览。

此次展览在广东美术界引起了很好的反响。林墉、刘斯奋等观看布展情景时就对刘正的《惊蛰》和罗小平的《愚者》大加肯定和赞赏，并极力促成广东美术馆在展览后收藏了刘正和罗小平的作品。展览同时举办了研讨会，参与研讨的包括吕品昌、白磊、李见深、石磊、张晓莉、张

19.刘正《惊蛰五》陶 125×75×70cm 1250℃ 1998年

21.郑祎《我们不是小鸡》陶 50
× 60 × 15cm 1230℃ 2001 年

温峡等。研讨者一致认为，陶艺家应当加强
理论素养，并建立一个相对严谨的学术标
准。国外陶艺大展往往将作品分为建筑构
件、拉坯圆器、釉药、创意等四大类，在每
一类的评选中有两个基本标准，第一是技法
体现，第二是创新的价值意义，而中国的陶
瓷评比就缺乏评审标准的规定性、条理性。
此外，研讨会还提出了强化现代陶艺的"泥、
火、釉"等本土语汇，以及将年度展发展成
国际化大展等问题。（图 19、20）

　　来自香港和台湾的陶艺家在这次展览上
颇为引人注目。郑祎烧制了一系列低温彩陶，
如《鸡》、《解放君》、《下缸工人》、《花木兰》

23.陈正勋《结构》陶木 51×
59×21cm 1250℃ 1995年

等。她自己的生存状态与创作线路都充满了
调侃和诙谐，而其作品如《下缸工人》则带
有政治波普式的调侃，在展览中引起了争
议，部分作品在展览中途被撤下。（图21）

　　黄美莉提供了一系列低温乐烧的作品，
包括《陕北怀想》、《贵州一隅》等。作品注
重乐烧技术，多为圆盘、器皿、装饰性的鱼
等等，在造型上带着小品般的实验性的样
式。陈正勋的作品主要是陶木结合，有很强
的装置性，造型单纯，手法简约，采用了钻

孔、拼接、镶嵌等手法。（图22、23）

　　同为广东美术馆现代陶艺系列展览的"演绎泥性——中国现代陶艺邀请展"则于2000年3月到5月举行。此次展览成立了以林抗生、王璜生、范迪安为主任委员，左正尧为执行委员，吕品昌、罗小平、白明、刘正、杨国辛为学术委员会。参展艺术家包括白明、刘正、白磊、左正尧、许群、李慧娴、吕品昌、张晓莉、陆斌、杨国辛、杨英才、沛雪立、周武、胡咏仪等，共展出了作品80多件，并成立了以林墉、林抗生、梁明诚、王璜生、李伟铭、范迪安、皮道坚为评委的评审委员会对作品进行了全面的评选。白明的《参禅》、胡咏仪的《空间》获得金奖，吕品昌、白磊、陆斌、张晓莉、沛雪立、左正尧、李慧娴的作品获得银奖。获奖作品由美术馆按照国家收藏规格收藏。这次评委的构成特点是各种艺术门类的权威代表组成。而不仅仅局限在陶艺界内部。（图24、25）

　　此次展览的图册收入了皮道坚撰写的《拓展眼界的当代陶艺》专论。他指出："广东美术馆近年来在这方面做了不少极为有益的工作，它的'努力成为中国当代陶艺的重要研究基地和展示窗口'的宗旨，充分显示了它对当代艺术的多元化性质、中国当代艺术现状和美术馆功能等一系列问题的透彻了解。因此自开馆以来，广东美术馆一直致力于中国当代陶艺的研究，关注当代实验性、学术性陶艺的演进，尤其值得称道的是该馆连续三年举办的'中国当代青年陶艺家学术邀请展'确从不同的层面和角度展示了中国现代陶艺的发展现状，为批评家的介入和当代陶艺的理论研究创造了条件。"③

　　学术推动应把握时代的发展潮流所向。在这一点上，广东美术馆决策层一开始就选准陶艺作为重点展览立项是明智之举。近年来，广东美术馆接二连三推出了"感受泥性"、"超越泥性"、"演绎泥性"、"单纯空间"等展览，加上林墉、刘斯奋、张治安、林抗生、王璜生、王玉珏、梁明诚、尹定邦、陈永锵、曹国昌、范迪安、易英、皮道坚、罗一平、

24.《参禅》瓷 500×20×12cm/
件 1300℃ 2000年 白明

徐虹等著名艺术家及评论界人士的大力扶持
和推动，使得广州形成了良好的展览和学术
研讨气氛。但就目前状况来说，广东本地陶
艺力量仍不够强大，从事陶艺创作的艺术家
数量和整体实力水平都有待提高，各教学机
构还应该大力加强陶艺研究型和创作人材的
培养与引进。

　　与广东美术馆举办的几次大型展览联动
呼应，中国美术学院主办由刘正策划的"中
国当代青年陶艺家作品双年展"也一直在持
续进行，并引起了越来越多的关注。2000年
5月，第二届"中国当代青年陶艺家作品双年
展"在中国美术学院展厅开幕。此次展览邀

25.胡咏仪《空间》陶、金属、胶线 500×500×300cm 1230℃ 2000年

请了白明、左正尧、刘正、吕品昌、李见深等二十多位陶艺家参加。许江为此次展览撰写了前言《漫话陶艺》。展览的同时还举行了研讨会。

2002年6月，第三届"中国当代青年陶艺家作品双年展"在杭州西湖美术馆举行。此次展览邀请了姚永康、吕品昌、白明、左正尧、刘正、陆斌等45位大陆和香港的陶艺家参加，并特邀清华大学美术学院陶艺系、景德镇陶瓷学院美术系、中国美术学院陶艺系的学生各两人参展，共展出作品100件。中国美术学院院长许江教授在开幕词中说："从展览可以看出，中国当代的青

26.戴雨享《有字天书》70×60×18cm 1200℃ 2001年

27.吴永平《壶·空间》200×60×30cm 1250℃ 2002年

年陶艺家已经走向了成熟，在艺术的大家庭中找到了自己的位置。"参展作品有的表现出深厚的人文气息，有的致力于材料的内在精神表现，还有的用现代的观念、方法，对传统进行重新诠释。（图26、27）

"中国当代青年陶艺家作品双年展"举办的初衷是为全国范围内比较激进、有争议的陶艺家提供一个展览和学术交流的场地，而随着国内现代陶艺的迅速发展，近两届展览更多地保留了首届展览涵盖面广的特色。近两届展览参展作者年龄层次差别较大，有较年长的陶艺家，也有在校学生，从中可以看出策展人的着眼点：尽可能全面反映国内陶艺界的面貌，注重作品风格的多样性，并发掘新的青年陶艺人才。这种做法当然是值得肯定的，但有一定的风险，如果操作不好，很容易造成水平参差不齐，在顾及全面性的同时失去大展应有的学术水准。从这两届展览的情况看来，策展人在邀请新人的同时，也注意了参展作者的稳定性和延续性，操作是相当成功的。

2002年10月，首届中国艺术三年展在广州艺术博物馆开幕。这次展览提倡中国当代艺术的多元化和多样性，在艺术样式的选择上，具有相当大的开放性，包括了水墨画、油画、雕塑、版画、陶艺、数码影像、装置和行为艺术等。白明、刘建华、左正尧的现代陶艺作品参加了此次大展。白明和刘建华分别展出了《器——形式与过程》系列和《需要，请选择》系列。左正尧的陶艺作品《天九地八系列》因形似骨牌，文化主管部门的公安处以不能展出赌具为由被禁，几经周折，主管部门最后以加上中国式的红×并将《天九地八》改名为《禁赌系列》展出。（图28、29、30）

三位陶艺作者充分利用了展览场地的空间性来进行装置。白明和刘建华的系列作品充分显示了传统媒材所能呈现的全新意义。左正尧的作品从文化的思考出发，展示方式的改变，反而增强了对人们视觉的冲击力。此次大展，自然而然地引起了人们的思索：现代陶艺应该如何在众多的现代艺术样式中凸现自己的地位？

28.白明《器——形成与过程》
58 × 11 × 10cm/ 件 1300℃
2002 年

29.刘建华《需要，请选择》38
× 25 × 28cm 1300℃ 2001 年

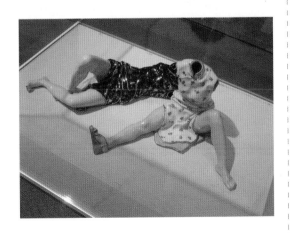

30.左正尧《天九地八》600×200×40cm 1230℃ 2002年

第三节 　　 对外交流

　　在国内展览陆续举办的同时，世界性的陶艺作品展览上也开始出现了中国艺术家的作品。1989 年 10 月 22 日至 11 月 5 日，第二届"美浓"展在日本多治市举行，来自世界60 多个国家和地区的250 件作品参加了展出。"美浓"国际陶艺展每三年举办一次，是世界上有影响的陶瓷展览之一。在第一届"美浓"展上，中国的作品被认为"落后半个世纪"而没有一件入选。而第二届展览在设计类收入了中国的四件传统工艺陶瓷作品，但现代陶艺作品仍然没有入选。此次展览设陶瓷设计和陶艺两大部分，主题分别是"光"和"风"，并设特别奖、金、银、铜、特别评审员奖和奖学金奖6 项，由各国陶艺权威人士担任的评审团从展品中选出了 32 件获奖作品。"光"与"风"作为本届陶瓷展的特定主题，应该说是一种人为的划分陶艺与设计的界限。它似乎想告诉人们：哪些作品属于纯艺术类、哪些作品属于设计类（实用）的作品。吕品昌考察了此次展览，他认为：

　　"现代陶艺充满活力的局面都是观念解放和拓展的结果。一个共同的观念即：陶瓷艺术的意义远不止于古代工匠已经开创的实用品质和精神品质，陶艺家应该高扬他们的自由精神去进一步开掘陶艺的品质，建立起符合现代审美要求和趋势的新规范、新形态。这种观念正在指引现代陶艺家去赋予陶艺以一种未曾有过的意义，去重新认识和发现陶瓷的价值。这一点恐怕是本届展览会对中国陶艺家以至对世界陶艺家最有价

31.Harumi Nakashima（日）《苦闷的四种形态》陶 300×95×80cm 1180℃ 1995 年 95 美浓国际陶艺展金奖作品

值的奉献。"④（图31）

由于积累了前两次"美浓"展的经验，中国陶瓷工业协会在选送作者参加第三届"美浓"时，就有针对性地选送与展览主办方观念相近的作者参评。1992年，吴鸣、葛陶中的作品《期待》作为设计类作品入选该届展览，并获得评委特别奖。而1996年，日本陶光会和景德镇共同举办"中日现代陶艺联展"，景德镇和日本的现代陶艺家共同参展，双方还在展览结束后组成了评选组对参展作品进行了评选，罗小平、刘秀兰陶艺作品《芸芸众生系列——愚者》获中日友好会会长平山郁夫奖，白磊陶艺作品《城》获日本陶光会长奖，随后，这二件作品被送往日本参加日本第27回全陶展，分别又获日本文部大臣奖和东京都知事奖。纯粹的陶艺作品开始走上前台。

32.罗小平《芸芸众生——愚者》陶 43×35×18cm 1170℃ 1996年

1998年"美浓"展，大陆有37人作品送展，最后有周武、杨国辛、许群的作品入选。（图32）

1989年，被誉为"陶艺界的奥林匹克运动会"的第十一届"国际陶艺双年展"，有浙江美术学院工艺系陶瓷专业教师王建军和张宝成的3件作品入选。1990年7月1日至10月31日，第十二届"国际陶艺双年展"在法国南方的陶瓷名城瓦洛里市的城堡博物馆举行，孙人的作品入选。

进入1999年后，海峡两岸的陶艺界交流日趋频繁。1999年4月22日至5月9日，"1999中华陶艺两岸交流展"在中国历史博物馆举

33.1999年中华陶艺两岸开幕式

34.吕嘉靖 丰饶系列之《冬藏》58 × 42 × 35cm 1220℃ 1999 年

行。此次展览展出了王修功、林清河、吴让农、陈正勋、翁国珍、杨元太等台湾陶艺家的作品近100件。作品的烧成技法普遍相当熟练,这与台湾当代陶艺的长期发展是有关系的。总体上说,展览全方位展现了台湾现代陶艺的现有水准,规模之大为近年来之最。大部分参展作品选用亚光釉创作,泥料釉色丰富,风格朴实。相对而言,大陆陶艺界就缺少这种精细、耐看、富于材料美感的作品。(图33、34、35)

为配合台湾陶艺界进京盛大展出和庆祝50周年国庆,北京乐陶苑主持人、美籍华人许以祺策划邀请了88位陶艺家(其中大陆66位,香港7位,海外15位)在中央工艺美术学院推出"'99北京迎千禧陶艺邀请展"。此次展览以杨永善、陈进海、罗小平、左正尧、孟庆祝、刘正为组委会。两岸陶艺家京城大聚会,是中国陶艺界的一件盛事。在同时举行的学术座谈会上,台湾的吴让农、陈新上、王修功分别作了台湾原住民陶艺的发展、台湾陶艺发展概述和台湾现代陶艺发展的学术报告,大陆的杨永善作了题为"中国陶艺的发展"的介绍。展览在两个展厅展出作品200多件,大多是近10年来中国陶艺创作和探索的新成果。

在此次展览中,陶艺家们大量使用新的观念和造型语言。这些艺术家们不受传统器物形制的约束,最大程度吸收西方现代艺术的理念,试图以陶瓷材料唤起观者对"现代艺术"固有概念的反省,例如白明、吕品昌、左正尧、白磊、夏德武、杨国辛、沛雪立、刘正、罗小平、李燕蓉、井士剑、秦璞、海晨等。他们的作品是对传统陶艺形态样式、装饰目的的完全突破,强化制作时的手感和机理变化。

1999年7月,中国陶瓷工业协会策划的"中国当代陶艺展"在阿姆斯特丹世界陶艺大会主会场展出。参展的大陆陶艺家有30多人,许以祺、周定芳等出席。

1999年12月31日晚上8点至2000年1月1日0点30分,由佛山市石湾镇人民政府、南风古灶旅游发展有限公司策划,于世纪之交零时

35.李金生《虫》50×20×15cm
26×12×10cm 1200℃ 1999年

零点佛山石湾"南风古灶"隆重点火的"千
年之烧"活动正式举办。"南风古灶"建于明
代正德年间（1506－1521），近500年来窑
火不绝，生产未断，至今保存完好，在国内

超越泥性

36.瑞·阿德里安（荷兰）《鬼佬》130×68×25cm 1230℃ 2000年 佛山"千年之烧"作品

极为罕见。参加这次"千年之烧"的国内陶艺家有吕品昌、李见深、刘正、张温帙、陆斌、孟庆祝、郭旭达、梅文鼎、傅中望、魏华、庄稼、黄松坚、钟汝荣、刘藕生等，海外陶艺家有德尔·班斯、玛丽·吴、韦思斯·拉尔森、苏珊·史蒂文森、杰米·克拉克、南希·玛隆、汤姆·马隆等。从成员看，他们包括了石湾地区老一辈陶艺家、工艺美术大师、陶艺工厂陶艺师以及国内青年陶艺家和海外陶艺家，从参与者的人员结构、风格取向来看，主办方没有严格地把握好学术水准，参加者人数众多、水平参差不齐，学术

指向不明确。但此次活动为各个层次的陶艺家提供了学术交流和直接参与创作的机会。（图36）

在此次活动中，海外陶艺家举办了介绍个人作品的幻灯讲座，使国内陶艺家特别是佛山地区的陶艺工作者有机会聆听到国际上著名陶艺家对陶艺创作的理解和作品风格的把握。此外，此次活动还以学术活动的名义带动了当地文化旅游业的发展，使更多的海外陶艺界人士亲身体验了佛山陶艺文化传统。

陶艺在每一个历史阶段中都会不同程度地印证着一个民族和地区文化发展的状态。

37.中国当代陶艺学术交流展开幕式

文化的交流和对话是推动文化进步的桥梁。由于历史的原因,香港陶艺一直受西方文化与本土文化相交汇的影响,而大陆陶艺的发展更多的是本土文化本身的演进。通过展览进行直接的学术交流,有助在观念上沟通两地文化,推动陶艺创作的发展。有鉴于此,广东美术馆和香港自得窑工作室共同策划了一次"中国当代陶艺学术交流展"。展览由二部分组成,第一部分于2000年6月10日至25日在香港视觉艺术中心展览厅举行,第二部分于2000年7月1日至30日在广东美术馆陶艺展厅举行。香港展出期间,左正尧在香港视觉艺术中心演讲厅结合近20年来中国当代陶艺发展现状,采用多组幻灯图片,从学术层面和历史发展的角度,做了题为《中国现代陶艺发展状况》的演讲。大陆的艺术家杨国辛、白明、左正尧、陆斌等进行了泥条成型、拍板卷泥成型、釉上彩绘、团条成型的演示。这次被邀请的大陆陶艺家有:白明、左正尧、白磊、黄丽雅、林蓝、刘正、陆斌、吕品昌、沛雪立、许群、杨国辛、周武。香港地区的陶艺家有:郭蜀华、郑祎、冯笑娴、何盖氏玛蒂、李文燕、李慧娴、卢玮莉、马素梅、麦志强、胡咏仪、严惠蕙。(图37)

随着现代陶艺的发展,大陆陶艺作品受到了更为广泛的肯定。2000年10月至2001年1月28日,"第六届金陶奖"在台湾举行,伍时雄获特别评审奖。同年,"以土塑造未来"2000年世纪陶瓷博览会在韩国举行,中国陶艺家陆斌、伍时雄的作品入选。

2000年10月3日到8日,清华大学美术学院主办的"清华大学2000国际陶艺交流展"在中国美术馆举行。此次展览规模宏大,共展出清华大学美术学院师生以及国内外陶艺家各类作品近千件,这也是陶瓷系建立近70年来第一次组织由校友参加的陶艺交流活动。此次展览分为陶瓷设计、传统陶艺、现代陶艺、外国陶艺等几部分,参展陶艺家包括日本的河合纪、岛田文雄,美国加州梅沙学院康乃尔、陶艺家朱丽叶·布鲁克等。活动期间特别安排了中、日、韩、欧美以及其他各国的座谈会、

38.徐永旭《如皇》陶 315×151×152cm 1300℃ 2000年

研讨会和制陶表演等各种学术交流活动。

2001年5月17日至7月10日，"中国当代雕塑与陶艺展"在香港康乐文化中心举行。展览展出了雕塑家潘鹤、梁明诚、于凡、李向群、姜杰、展望等人的雕塑作品以及广东美术馆馆藏的吕品昌、罗小平、张晓莉、白明、左正尧、白磊、陆斌等人的现代陶艺作品。2001年8月10日至10月28日，2001韩国世界陶艺博览会"世界陶艺广场展"在韩国广州举办，中国30位陶艺家作品参展。展览由许以祺策划，邀请了李正文、白明、刘正、白磊、陆斌、吕品昌、左正尧、周武、海晨、李蓓等参展。

在国内陶艺家走出国门，参加一系列国际陶艺大展的同时，国内的学术机构也在邀请国外陶艺家来中国举办展览，进行学术交流。2001年7月，由北京乐陶苑主办的"富乐国际陶艺创作营"在富平陶艺村举行，此次创作营云集了国内外的有实力的陶艺家。(图38)

2002年2月9日至6月16日，"亚太地区国际现代陶艺邀请展"在台北县立莺歌陶瓷博物馆举办，邀请了秦锡麟、陆斌、左正尧等大陆陶艺家参展，并于2002年3月8日至10日举办了研讨会和工作营，秦锡麟、张清洲、翁树木、Suzanne Wolfe、朴善宇等分别介绍了大陆、台湾、新西兰、夏威夷、韩国的现代陶艺发展情况。

此外，由广东美术馆和瑞士阿琳娜博物馆共同举办的"印记与当代——今日中国现代陶艺展"将于2002年9月18日在日内瓦阿琳娜博物馆举办。此次展览的策展人为Roland Blaettler和左正尧，许以祺为展览协调人。展览共邀请了白明、陆斌、罗小平、杨国辛等近20名几年来国内活跃的青年陶艺家参展，广东美术馆副馆长蒋悦和策展人左正尧亲临日内瓦主持展览，许以祺、罗小平、白明、海晨、郑祎等出席开幕式。展品随后还会在丹麦陶艺博物馆、美国费城陶艺工作室、美国西雅图亚洲艺术馆等世界各地艺术馆巡回展出。

第四节　　女性陶艺和实验陶艺

　　上文所述的众多现代陶艺展基本反映了中国现代陶艺的面貌。除此以外,女性陶艺和实验性的前卫陶艺也成为人们关注焦点。

　　自1997年以来成功地举办了"感受泥性"、"超越泥性"、"演绎泥性"三个展览后,广东美术馆首次推出了以女性陶艺家作品为展示对象的现代陶艺作品展,即"单纯空间——中国当代女性陶艺家作品展",此次展览于2001年7月20日至8月19日在广东美术馆7号厅展出。

　　策展人左正尧首次提出"女性陶艺"这一话题。他认为,"就世界范围而言,在女性艺术家中利用陶土媒材进行创作比选用其他媒材的多。这也许是因为女性陶艺家作为一个群体所独有的直觉、天性和陶土的可塑性和亲和力有某种特定的同属关系。女性喜欢陶艺,也喜欢制作陶艺。她们在制作过程中能寻找到物我通灵的境界。此次展览本着对女性陶艺家群体的关注,展示这种材料和属性的特殊关系和对陶艺发展学科建设做深层次人性化研究的目的,希望引发人们对陶艺研究的激情并关注艺术以人为本的前提。"⑤

　　被邀请参展的陶艺家来自中国大陆和香港地区,她们是李蓓、李素芳、蒋颜泽、许群、张晓莉、海晨、郑智君、胡咏仪、李庆文、邱玲、李燕蓉、徐玉珊、赵蔚明、郭蜀华、金晶晶、罗玉宇、陈健捷、黄丽雅、丁瑜欣、谭红宇、曾翠玲、刘茜、丁珍、周定芳、郭琛、李慧娴。(图39)

　　参展陶艺家海晨是从1993年开始从事陶艺创作的。受其父影响,海

晨比较喜欢版画，喜欢黑白关系、块面，她
曾经尝试过把版画效果应用于陶瓷，而对釉
料的华丽效果不太关注。海晨希望能从单纯
的器皿中走出来，对材料的选择也从青花扩
展到紫砂、陶土、瓷土等，尤其注重使用德
化瓷土。在创作手法上，海晨有往装置方面
发展的趋势，通过对同一个个体的不断重
复，找出其中的差异性，在传统和现代之间
找到出路。在海晨看来，做陶如同生活，必
须选择一种有品质、不刻意的方式去享受其

39."单纯空间——中国当代女
性陶艺家作品展"，广东美术馆
馆长王璜生、策展人左正尧与
部分参展作者合影

40.海晨《中国食品》德化高白瓷
土 12×12×10cm/件 1310℃
2000年

中的乐趣。（图40）

　　李蓓的作品分为两类，一类是轮子《东
风一号》、《东风二号》，这些作品是用陶土烧
成的大轮胎，关注点在时代进程、历史感，轮
胎被做得充满沧桑和疲惫。另一类作品是
《光系列》，关注胶片记录历史的意义，在她
看来，历史最后被沉淀为杂乱无章的胶片，
这些符号在被包装的造型中残露出来，流露
出尘封的历史记忆。（图41）

　　身为中国美院研究生的李素芳则更着重
于作品的装置效应和女性特有的点线面装饰
符号，非常细腻和唯美，在《透的格式》和
《裂变X》这些有多种媒材和装置性的作品

67

41.李蓓《光系列》陶 54×20 ×11cm/件 1230℃ 2001 年

中，也透出这种唯美的感觉。(图 42)

　　蒋颜泽的作品侧重釉色的变化和火在釉上留下的窑变痕迹。她的作品有一股清新的雅致的美感。郑智君从石头的碎块中得到灵感，用陶土表现石头的肌理和痕迹，展出了《重返自然时代》系列作品。(图 43、44)

　　胡咏仪一直在关注陶艺的装置性和陶艺作品的空间美感。虽然这一次她送展的《笼》体积太小，看不出作品的空间张力，但是从她这个时期制作的其他作品中我们看到了她在使用陶土和其他材料组合，在回环的状态中思考她自己应该发展的方向。近年来，胡咏仪的作品已经完全从过去对陶艺作品的理解和概念中走出来，进入了空间和环境中的装置类思考。她的最新作品如《旋》、《蛋》、《笼中的笼》等包括了工业产区的陶瓷作品、竹笼、灯笼、金属架等，多采用悬挂、空间占用等方式进行全方位立体展示。这种方式将观念和装置纳入了统一的思考。2001年之后，她的作品更多地用圆球、钥匙等单纯的符号加以无限制地重复，在不断的重复中给人留下深刻的印象。这些充满灵气的作品可以说是相当出色的。

师从吕品昌的李庆文提交了以《坦》为题材的作品，从中看得出她受到了很好的学院派造型训练，作品看起来很有分量感。而

42.李素芳《清影》陶 12×12×6cm 1260℃ 2000年

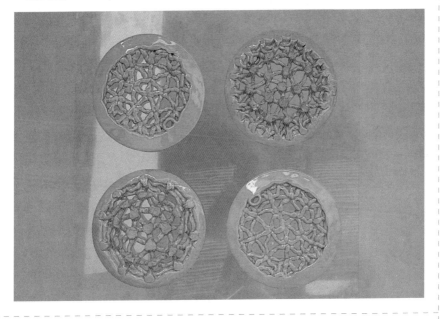

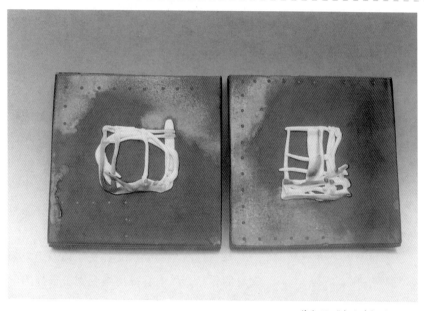

43.蒋颜泽《窗之窗》陶 26 × 26 × 5cm/件 1300℃ 2000 年

邱玲的《莲蓬》系列和赵蔚明的《桥》系列等透出了她们对生活观察细腻的一面。罗玉宇的《空间记忆》在树干上端盖上层层叠叠的屋顶，镂出窗口，蕴含着她对于民居、房屋以及生态自然的环保意识的思考。黄丽雅更注重对长城、编钟等中国传统文明象征性符号的重新演绎，在《长城》中，她将层叠的长城围绕在一根塔柱上不断攀延、回环，在气势上胜人一筹。（图 45）

该展一经推出就引起艺术界、陶艺界以及新华社、中央电视台在内的多家媒体关注。广东美术馆一直大力倡导和重点关注陶艺学科研究，使得广东美术馆在推介现代陶

44.郑智君《重返自然时代Ⅱ》陶 55 × 45 × 38cm 1170℃ 2001 年

71

45.李庆文《坦》陶 55×50×50cm 1240℃ 2000年

艺上获得了极大的成功，此次展览再次证明了这一点。

在前卫的实验性陶艺方面，1999年6月26日，在长春举办的"'99长春陶装置展"可以说是第一次大规模的关于陶艺的观念艺术展，18位参展艺术家的作品证明了陶作为一种媒材在当代艺术中的价值。此次参展的作者包括黄岩、汪涤洋、陈海涛、金巍、肖森、张铁梅、吴迪、李云庆、邢林环等。

黄岩手中的陶材仅仅是一种媒介，甚至成为一种现成品。在黄岩《手形》这件作品中，一方面黄岩将手捏陶泥的动作变成作品，手在陶泥上的印痕，经烘干后被烧制，其痕迹就永久保存下来。汪涤洋和陈海涛的作品《男人》、《人形》将观念引入陶装置，泥性在作品中处于十分次要的地位。汪涤洋将男人、女人用泥材处理成工业管子状，但其性特征通过陶材的模仿反而得到加强。对人体的戏仿给人一种极其理性的压抑。汪涤洋这种对人体的另类阐释暗喻了后工业社会人类越来越非人性的一面，其作品的象征性令人一目了然。陈海涛将陶板、陶线任意切割变形，在作品中加入大量的铁钉、铆钉，丰富了陶的观念。金巍展出了作品《巢》，肖森展出了《道具》。后者是翻模的手和皮包，除

46.黄岩《手形》陶 1999年
展览现场

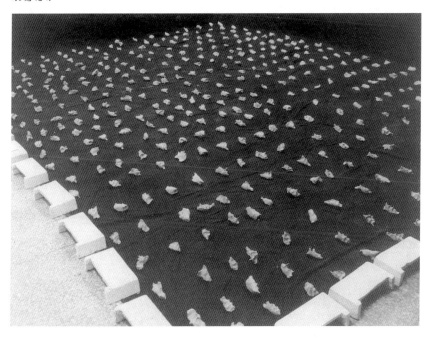

了给人一种超写实的震惊外，物品的直接性也引起了观众对道德往事的回忆。张铁梅的作品《女人》以连环画的方式画在陶柱上，被用于下水管道批量生产的陶柱和这些图形相互嫁接，工业产品就变成连载艳俗形象的容器。吴迪的作品《符》将6只陶球和1个陶立方体用陶锁链连接在一起，整个现场都笼罩在一种东方文化的隐喻之中。李云庆和邢林环直接仿制了中国日常生活中的物品——水果、食品。此次展览的参展作者还包括刘春雨、何堤、刘正勇、樊雪松、赫刚、阎冬、王万成、骆晓天、张磊等，整个展览也具有一种象征性，陶这个古老的艺术形式在这些艺术家的手中再次成为具有先锋意义的当代艺术媒介。[6]（图46）

中国现代陶艺的发展特别需要实验性艺术家的参与，只有当实验性艺术家都能关注和参与现代陶艺创作，才能全面体现中国现代陶艺面貌。中国陶艺的发展，循序渐进是必要的，需要一大批艺术家实实在在地吸收和超越中西方艺术传统精华，一步步发展和超越。然而，众多实验性艺术家的积极投身和参与，也为传统轨迹中的现代陶艺发展注入了新鲜的血液。

除了材料、创作手法和理念，人们对陶艺作品的功能也有新的思考。陶艺一直以来都是架上以及室内陈列的艺术品。随着生活环境的改善和生活质量的提升，人们对公共空间的美化提出了更高的要求。本书虽然立足于大陆陶艺，原则上不涉及台湾、香港和澳门，但1998年6月在台湾台北县文化中心举行的"国际陶瓷公共艺术大展"在这方面给了人们一个崭新的视角。

1992年，台湾专门制定了文化奖励条例，规定公有建筑物必须依规定设置公共艺术品，这为大型艺术作品在环境空间艺术中的发展提供了动力。以此为依托，台北县立文化艺术中心向全球征集陶瓷公共艺术作品，举行了该次大展。

在此次大展上，来自意大利的 Nino Caruso 的《墙面雕塑》制作了4块陶瓷艺术陶砖，用陶砖累砌门柱、大门，可以依据空间的变化进行陈列。日本的伊藤公象的《自由创作之门》设置在建筑物入口处，约高6米，拔地而起指向天空。虽然称之为"门"，却只有单侧的造型体，形成了无限制的自由创作空间。会田雄亮展示了与现代环境建筑揉和在一起的装置作品《陶与水的纪念碑》。这个作品设置在神户港外的人工岛上。造型上以人造物体的形态进行参考，采用倾斜的三角形架构出主题，并以间歇的水流制作出动感效果。当水流从变形的三角形顶点倾泻而下时能全面扩散，使观众感受到流水的动态和静态，并感受时间的转换。此次展览延伸和拓展了陶瓷艺术的发展领域和空间，对大陆的策展人也是一个启发。

第五节　　策展人的出现

全国各种规模的现代陶艺展示交流及研讨活动日渐增多、热潮初起，与策展人的策划是分不开的。不少策展人具有相当的学术眼光，并且能够充分利用各方面的资源，用自己的实际行动推动了中国现代陶艺的发展。如旅美陶艺家李见深，就曾多次成功策划了包括"瓷的精神"现代陶艺展、景德镇国际陶艺研讨会等展览。实业家许以祺以其创建的陶艺工作室"乐陶苑"为基地连续独立举办各种陶艺展，或以联合策划形式策划了多项展览，其中较重要的有"北京现代陶艺千禧展"、"新钧瓷展"、"新青瓷展"、"新青花展"等。职业陶艺家罗小平以宜兴陶艺协会名义策划了"98宜兴国际现代陶艺研讨会"，此次研讨会涉及世界各

国的重要陶艺家和国内陶艺界（包括港、台地区）、艺评界、新闻界的重要人物及作者，具有较大的影响力。实验艺术家左正尧则担任广东美术馆专业策展人，他是第一个以职业策划人的身份代表国家美术馆连续不断地独立策划系列性现代陶艺展的艺术家。广东美术馆的一系列有针对性的动作，一方面表明中国现代陶艺气候已经形成，另一方面，显示了广东美术馆策划倾向对中国现代陶艺的巨大推动作用。因为这显示中国现代陶艺活动、性质的变化，由民间性质逐步进入国家正规展事项目。这是一个历史性的转变。（图 47、48）

47.第 16 届亚洲国际艺术展开幕式上总策展人左正尧致词。该大展有 10 个国家和地区的 200 多位艺术家参展此外，刘正以中国美术学院名义策划了全国性陶艺展"中国青年陶艺家作品双年展"。该展注重代表性和探索性，与广东美术馆一道形成了中国现代陶艺的展览制度范式。美籍华人周光真则以策划国内对外交流活动为主，他策划了中国陶艺家参加美国陶艺教育年会的系列活动。

随着展览策划的深入，真正全方位的思考也在逐步凸显，对策展人的要求也逐步提高。一个完整的展览方案必须包含有策展报告、资金来源、展览主题、研讨会主题、参展作者的挑选、收藏、文献及动作程序等等。策展人必须能预见展览的结果，并很好地控

48.陆斌《化石系列》第16届亚洲国际艺术展展览现场

Musée Ariana
10, avenue de la Paix
1202 Geneva – Switzerland
Phone (+41 22) 418.54.76
Fax (+41 22) 418.54.51
http://www.kiasArt.com/academy
e-mail: aic@mah.ville-ge.ch

INTERNATIONAL ACADEMY
OF CERAMICS

Consultative statute
with UNESCO

Monsieur
Zhengyao ZUO
GUANG DONG MUSUM OF ART
Er-Sha Island
GUANG ZHOU, 510100, China

Geneva, October 2001

Dear Mister,

I am pleased and honoured to inform you that our Academy has elected you to be a member, catagory curator.

The International Academy of Ceramics groups together ceramists, collectors, experts in ceramics and curators of museums. They are elected by way of co-optation. At present our Academy has members in over 56 countries. Its activities consist of promoting the art of ceramics by means of publications, exhibitions and working sessions.

All members receive the bulletin published by the Academy. They are entitled to carry the description « member of the International Academy of Ceramics » on their printed matter. The membership fee is CHFr. 100.- (one hundred Swiss francs) per year to be payed upon receiving the billing for 2002. This amount should be paid when you receive the bill at the beginning of 2002.

We shall be opening a file in your name at the center of documentation of the I.A.C in which your slides and documentation will be conserved.

I do hope that you will accept your election as a new member, and remain,

Sincerely yours.
Prof. Tony Franks
President

Encl. I.A.C. History

制展览的过程。在国际化的背景下历经实践考验之后，中国的陶艺策展人正在逐渐成熟起来。

各类展览、研讨会的展开和策展人的活跃，表明中国现代陶艺已经进入了发展期。2001年，中国陶艺家白明、陆斌、罗小平、陈光辉、左正尧、许以祺（美）、李见深（美）、加入国际陶艺学会（International Academy of Ceramics），此协会属于联合国教科文组织。该会会长东尼·法兰克斯（Tony Franks）指出，截至2000年，国际陶艺学会会员约400人，平均年龄在60岁，而日本有会员近百人。国际陶艺学会的入会制度非常严格，必须经过三位会员推荐，再经理事会（15人）按照会员的作品（5张幻灯片）票选，过半数才能入会。中国陶艺家的入会，表明国际陶艺界对中国现代陶艺家的认可和肯定，中国现代陶艺家正在以群体姿态走向国际舞台。这是中国现代陶艺进程中值得一记的事情。(图49)

注：

① 见《石湾现代陶艺》，岭南美术出版社，1986年

② 见左正尧《前言》，《超越泥性》，广东美术馆，1998年

③ 见皮道坚《拓展眼界的当代陶艺》，《演绎泥性》，广东美术馆，2000年

④ 吕品昌《充满活力的廿世纪现代陶艺——记日本"第二届国际陶瓷美浓'89展"》，《江苏画刊》，1990年，第8期

⑤ 见《单纯空间——中国当代女性陶艺家作品集》，广东美术馆，2001年

⑥ 参见张蒙《陶观念的乌托邦——评'99长春陶装置展》，《江苏画刊》，2000年，第7期

第三章

关于现代陶艺的理论研讨

现代陶艺的专业研讨是随着展览会一起出现的。最初的展览会往往会附带着陶艺研讨，而后来专门的研讨会往往也会举行相关的展览。专业研讨的参与者由最初少数关注现代陶艺的研究者，扩大到越来越多的从事现代陶艺创作的实践者；研讨内容从现代陶艺的定义、源流，扩展到学术理论、创作指向。专业研讨的深入，与大众传媒良性互动，推进了现代陶艺的发展。

在这些研讨会中，有一些值得注意的关键词频繁出现：传统资源、纯艺术、观念性、技术性、语言国际化……这些问题成为现代陶艺理论研讨的重点。对此，本章第二节将加以详细阐述。

第一节　　研讨会的展开

一、启蒙与探索

20 世纪 80 年代中期，随着现代陶艺展的举办，相关的专业学术研讨会也陆续展开。1985 年 5 月，由中华陶艺开发研究中心组织策划的"全国首届部分陶艺家研究会"在湖北蕲春岚头矶召开，会议由中华陶艺开发研究会理事长、中央工艺美术学院教授祝大年致开幕词和闭幕词，会议采取边创作边讨论交流的方式进行，所有参与者都制作了作品。会议主要议题是"什么是现代陶艺？如何发展现代陶艺？器形和雕塑算不算现代陶艺？"会上放映了陶艺家的作品。在此次会议上还拟举办全国现代陶艺展，但因种种原因未能实现。

参加此次会议的陶艺家有：祝大年、刘焕章、周领钊、苏晖、张守智、曲磊磊、韩美林、周国桢、谭畅、刘雍、唐小禾、程犁、张朗、李正文、陈业瓒、王金鼎等。据提出的议题以及宣读的论文来看，这样一些高层专家对现代陶艺的性质、概念还处于模糊状态，对其发展方向与具体的阶段性措施也没有一个切实可行的议案（如策划筹备小组、宣传媒体、资金来源等等）。学术论文及讨论也没有真正切入实质问题，显得比较空洞。

此次会议与会者来自全国，虽覆盖面不算大，但却属首次，而且会议就当时艺术界对现代陶艺认识所达到的程度展开了热烈讨论，会上提出的不少观点和看法确实起到了抛砖引玉的作用，具有很大的实际意义。中央新闻电影制片厂为此次展览专门拍摄了纪录片。可以说，这次会议是中国现代陶艺从概念到理论达到共识的起点，揭开了现代陶艺学术研讨和理论研究的序幕。

在蕲春的研讨会之后，陶艺界经历了几年的讨论和思考，最终重新回到了现代陶艺上。1988年11月10日至11月25日，由香港中华文化中心举办的"中国传统陶艺及现代陶艺研讨会"展出了中外陶艺家作品，会议代表32人分别来自美国、加拿大、中国大陆及中国台湾、香港。中国大陆代表8人分别是：祝大年、杨永善、李正文、黄雅莉、吴天保、周国桢、梅文鼎、庄稼。其他代表包括来自美国的周方、许家光、李茂宗、曾鸿儒、来自加拿大的颜炬荣、来自中国台湾的徐翠岭、王修功、吴让农、杨文霓、来自香港的陈松江、陈汉标、刘伟基、李镇江、李梓良、李慧娴、刘秉松、马淑仪、麦绮芬、黄炳光、梁冠明。会议采

取宣读论文→讨论→展出的方式。会后，策划人文楼认为这次活动是他所举办的所有活动里最成功的一次。

　　由于当时学术界的认识局限，这两次研讨会基本上是专业研究者内部的讨论，而对于真正意义上的陶艺界整体队伍建设没有发挥有力的推动作用。这与90年代以后的研讨会相比有很大的不同。在香港举行的研讨会上，大陆陶艺家和港台及海外的陶艺家表现出明显的观念差异，这种差异也需要时间去磨合。（图50）

二、研讨交流的国际化

　　进入90年代，中国现代陶艺的影响逐步扩大，各种理论研讨也次第展开，先有1991年"北京国际陶艺研讨会"，继而是1995年的"景德镇国际陶艺研讨会"。这些具有重要意义的展览和研讨会表明中国的陶艺日渐发

50.中国传统陶艺及现代陶艺研讨会开幕式全体代表，包括庄稼、李正文、黄雅莉、李慧娴、吴天保、李茂宗、周国桢、杨永善、祝大年、文楼、王修功、刘秉松、颜炬荣、麦琦芬、李镇江等

展，其规模和范围及影响正在向社会拓展。

在这一时期举办的研讨会中，'91北京国际陶艺研讨会是规模较大的一次。此次研讨会本着回顾和发扬人类上千年陶瓷烧制传统、开展中国现代陶艺创作和研究、振兴中国现代陶艺、促进国际间陶瓷文化交流与发展的基本点，由联合国计划开发署提供赞助，中国国际经济技术交流中心、美国中国当代艺术中心、中国陶瓷协会、中央工艺美术学院等单位联合举办。研讨会于1991年4月15日至18日在北京北方工业大学举行，国内正式代表56人，包括祝大年、张守智、吕品昌、毕南海、周国桢、李见深、谢跃、李正文、刘雍、韩美林、姚永康、柯和根、李茂宗等，国外代表包括来自美国、加拿大、挪威、意大利以及中国台湾地区的陶艺家温·海格比、韦恩·希格比、安·莫天曼、奥尼·阿斯、尼罗·米卢等。在研讨会上，国内外艺术家进行了交流，研讨时间长达一周。在研讨会的同时还在北方工业大学美术馆举行了展览，展览持续半个多月，在国内产生了较大的影响。

在此次研讨会上，不少国外现代陶艺家是第一次来到中国，中国陶艺家们的作品给他们留下了深刻的印象。美国雪城现代艺术博物馆雷纳德·柯奇塔说："我们从作品中看到了中国现代陶艺的一个崭新的面貌和水准。我们从来就没有低估过一个具有上千年陶瓷烧制历史的中国作品，我们所看到的这些陶艺作品中，部分佳作是我在任何一个国家和地区所从来没有见到过的。在未来的国际艺坛上一定会有中国一席之地。"此次展览也引发了国内陶艺家的思索。吕品昌就说："别人的东西我们非要去靠当然就有距离，他们看到我们的东西不也有望尘莫及之感吗？"

关于这次展览，易英是这样评述的：

"1991年，在北京首次召开了国际陶艺研讨会以及中国现代陶艺展，如此大规模的活动，充分展示了中国现代陶艺的现状与发展趋势。也就

51.吕品昌（右起第二）参加韩国国际陶艺研讨会

是在这个展览上突出反映了中国现代陶艺在观念上的矛盾与困惑。也就是说，大部分陶艺家还没有把陶艺作为现代艺术中独有的语言与媒材，其观念仍然停留在产品设计之上，尽管很多陶艺家已经有了现代设计的意识，但这一意识终究不能取代现代艺术的观念。虽然现代艺术观念是一个很大的题目，但我们可以把它简化成两个部分：其一是与现代社会的生产力水平相适应的现代工业与科学技术所导致的现代视觉经验，这种经验最终支配人的审美意识，而引发现代艺术形式的革命。其二是现代社会对人的价值的重新审定，脱离传统宗教与文化束缚的新的人格对人性状况的要求与反思，在艺术上反映就是个人主观意识及情感的表现。显然，现代陶艺如果要步入纯艺术的领域，这两个基本前提是不可避免的。对于陶艺而言，这两个基本前提都将导致告别传统陶艺的实用功能，而成为个人的面向当代社会、文化、历史和传统而展开的表现手段。"①

继1991年北京国际陶艺研讨会之后，1995年7月，国际陶艺夏令营及现代陶艺研讨会在景德镇举行。主办方邀请了日本、韩国的数十名学生以及国内陶艺家数十人参加。台湾地区由团长陈实涵带队，成员有叶文、蔡荣佑、李茂宗、王修功、白宗晋、吕嘉靖、翁国桢、林治娟、林义杰、吴万富、林国隆、翁国珍、郭聪仁、陈淑芳、张继陶、曾绣霞、杨作中、杨文宏、郑明勋、简明炤、萧武忠。台湾方面对此次研讨会特别重视，出版了专刊，准备了论文，还表演了乐烧。大陆陶艺家有周国桢、姚永康、郭文连、钟莲生、刘远长、朱乐耕、李纲、李正文、李业瓒、罗小平、刘秀兰等参加。

除了在国内举办的研讨会外，陶艺家还开始参加国际陶艺研讨会。1996年，韩国举办国际陶艺研讨会，姚永康、吕品昌、余进宝参加。当时正值世界大学生运动会在韩国举行，来自世界各地的180多位陶艺家在运动会的雕塑公园进行现场陶艺制作，主办方提供了10米长、3米高、3米宽的围窑，有的作品高度达到4米。吕品昌制作的《圣城》和其他作品一并放在雕塑公园展出。（图51）

三、研讨会广泛展开

随着各类展览的举办，独立的现代陶艺研讨会也陆续展开。1998年5月，罗小平策划的国际陶艺研讨会在宜兴举行。与会者有近200位中外陶艺家，他们分别来自中国、美国、新西兰、英国、澳大利亚、中国香港、中国台湾等，这次活动改变了以往国外陶艺家在台上演讲，国内陶艺家听讲的方式，与会者就中国陶艺的未来、中国陶艺与国际陶艺的接轨等问题展开了平等对话。不少国内陶艺家正是在这次研讨会上相会相识，并进一步就中国现代陶艺活动如何由区域性向全国性演变，如何将现代陶艺在人们观念中的工艺属性变成当代艺术的一部分进行探讨。可以说，此次研讨会对中国现代陶艺的发展起了重要的推动作用。

加拿大的渥特先生认为，中国的电影、文学等都已与世界同步，陶艺也应该没有问题。西方艺术先是学习、模仿中国的陶艺，然后在学习、模仿中创新，于是找到了自己的道路，中国陶艺家同样应该吸收世界陶艺的先进经验，实现发展上的跨越。新西兰的彼特赞同他的意见，认为

52.1998年宜兴国际陶艺研讨会现场。图为叶文介绍台湾陶艺发展状况

53.中国淄博21世纪国际陶艺发展论坛开幕现场

中国陶艺从"前现代"到"后现代",不用经过中间环节,中国可以直接进入新的时代。杨永善则指出,陶艺是一门艺术,它不是一门工业产品,更注重的精神的范畴。中国可以直接学习模仿西方先进科技,但陶艺就必须各保持各自的面貌,通过交流、学习国外陶艺家的创作理念达到自身的发展。中国陶艺界最重要的是扎扎实实的建设,去掉浮躁,更好地去研究传统,去学习国外和民间的陶艺。他说:"鲁迅先生说过,走人生的长途有两种情况,一条是顺坦,一条是迷途,墨子迷途而返,我不哭也不返,在迷途的路上坐一坐、睡一觉,找另一条路再走。"(图52)

　　美国陶艺家温·海格比则说,他从1991年后几乎每年都来中国一次,每一次看中国的陶艺都在向前发展。中国陶艺家们应该有自信,学

54.万里雅《天地之间》陶 200×170×20cm 1300℃ 2001年 论坛参展作品之一

习和尊重传统文化,把握自己所接触的材质,让材质发挥出它应有的特性。台湾的叶文指出:作品和材质的多元化对中国现代陶艺发展的重要。不久之后的2000年5月,由温·海格比、李见深策划景德镇陶瓷学院主办的"瓷的精神"国际陶艺家作品交流展就在景德镇举行。加强交流,是中外陶艺家共有的愿望。

2001年4月22日至24日由付维杰、罗小平、王建中策划,中国陶瓷协会主办的"中国淄博21世纪国际陶艺发展论坛"邀请了中国、美国、加拿大、芬兰、澳大利亚、韩国的近百名陶艺家参加,并同时举办了中外陶艺家的作品联展及幻灯讲座。(图53、54)

2001年9月,中国美术家协会陶瓷专业委员会在清华大学美术学院举办了"中国美术家协会2001年第一届全国陶瓷艺术与设计展"和评比。此次展览包括了日用陶瓷设计、传统陶瓷艺术、前卫陶艺等。对此次展览,陶艺界的同仁曾寄予很高的期望,希望中国美协的权威性能够对中国现代陶艺的现状进行梳理。但从此次展览的情况看来,策展者更注重全面性,没有严格的评审标准,显得杂乱无章,因而失去了学术意义上的代表性。

2002年5月26日至30日,佛山首届国际陶艺研讨会隆重举行。此次研讨会以"21世纪东西方现代陶艺交汇"为主题,探讨东西方现代陶艺交汇的国际背景以及发展趋势、中国本土陶文化的当代性、佛山陶文化与佛山城市文化形象的确立、现代陶艺雕塑在公共环境中的作用及展望等问题。作为研讨会的一部分,从2002年5月至7月依次在佛山石景宜文化艺术馆、广州艺术博物院举行了第一届《佛山国际现代陶艺邀请展》。研讨会还包括了"第一届佛山陶瓷艺术电影展"、中外陶艺家交流等。

四、规范化与国际化

从目前来看，陶艺研讨会已经日渐规范，其国际化背景非常明显。其规范主要表现在：

第一，策划严谨。策划方为研讨会筹集充足的资金，严格规定与会者的学术层次和范围，注重文献资料的收集，规范论文、幻灯的提交，并举办相应的展览。这种规范化的趋势与现代陶艺在整体上趋于成熟是相呼应的。

第二，主题鲜明。如"瓷的精神"、"21世纪东西方现代陶艺交汇"等主题都极有针对性。

第三，重视批评家的介入。如2002年5月的佛山首届国际陶艺研讨会就邀请了贾方舟、孙振华、皮道坚、王林、尹吉男等批评家参加，他们都从理论的高度提出了不少有价值的问题，如皮道坚提出了全球化背景下的传统艺术媒介的现代转型，孙振华提出了现代陶艺的公共性问题等。批评家的介入有助于形成浓厚的学术研讨风气，对现代陶艺的发展是一个有力的推动。

第二节　　现代陶艺的理论问题

一、评判标准的确立

与绘画、雕塑乃至传统陶艺等古老的艺术门类相比，现代陶艺迄今仍未形成完整理论架构，也没有达成一致的批判标准。陶艺理论家往往借助雕塑、装置、绘画等其他艺术门类的标准对现代陶艺作品进行评判。这种做法是非常自然的，在现代艺术的大背景下，各个艺术门类有

55.陆斌《砖木结构Ⅳ》陶、木 58×55×13cm 还原烧1200-1160℃ 1998年 作品顶部用低温泥在高温下烧出了流动之感

着一致的理论底线。在这一层面上，陶艺界的理论探讨和其他艺术门类并没有本质的区别。

同时，另一个问题也引起了陶艺界的广泛讨论：传统陶艺创作标准，如釉色、烧成等，对现代陶艺创作是否适用？曾有人认为，现代陶艺应该强调观念，陶土仅仅是一种创作的媒材，对釉色、烧成等传统技法的强调会阻碍陶艺"现代性"的提升。这种说法是值得考虑的。

在笔者看来，评判现代陶艺作品的好坏，首先要将陶艺家放在整个现代艺术的大背景下进行定位，看他是否具备原创性和个人风格；而在评判作品本身时，传统的标准也必须纳入考虑的范围。不同艺术形式的魅力都与其独到的材料和技法息息相关，如油画的色彩和构图，而陶艺作品内蕴的力度和张力则来源于其陶土和釉色的烧成。

多年来，人们已经对陶艺作品形成了固定的欣赏口味。一件好的瓷器，其亮度不能是"贼亮"，而必须"润泽"。如果仅仅把陶土当作一种粗糙的媒材，就失去了陶土自身最为重要的特征。陶艺家的创造力，往往在火焰与陶土的交互作用中闪现，这就要求陶艺家娴熟把握上釉、烧成等技法，正如无论多么有创造力的艺术家，都必须打好造型的基本功一样。

对这一问题，不少现代陶艺家们有着清晰的认识，并积极地投入到相关的实践之中。如陆斌在烧成时将高温泥和低温泥结合，低温泥在高温下呈现出动人的流动感，他还尝试用火焰焊枪喷烧作品表面，使泥土突然遇热而崩裂，产生强烈的斑驳美感。罗小平从宜兴壶拍身桶的方法演变成用泥片在转、拆、压的方法中塑造人物。陈光辉在金属、陶土等材料的研究从国外陶艺作品中进行了适当的借鉴。他的作品不仅仅在观念、造型上引人注目，也因其对泥性的出色把握而具备了打动人心的力量。（图55）

在陶艺创作和理论评判的实践中，观念与技法的结合究竟应该如何界定？如何在统一的理论框架下对不同的作品进行合理的评判？这些问题都是值得陶艺家们进一步思考的。

二、本土风格与国际化语言

"风格"，其原义是指人的作风、风度、品格等，后来衍用到文学批评、美学、设计等艺术领域。在我国美学史上，早在魏晋南北朝时期已经初步形成了比较系统的风格理论。曹丕在《典论·论文》中开创性地提出了"气"和"体"的概念；刘勰在《文心雕龙》中进一步将其发展为"体性"、"风骨"、"风貌";钟嵘的《诗品》的核心内容是"味"。这些都是对风格理论的探讨。所有不同的艺术形式都有自身独立的艺术语言和艺术感染力,在传达和沟通过程中具有绝对性。

陶艺作品所传达的视觉语言具有通常性,为其国际化提供了客观的前提。而在国际性与本土风格、民族性中找寻结合的可能,使得本土的文化观念、审美主张等与国际化视觉语言和谐发展,则是现代陶艺家们面临的又一问题。

在笔者看来,面对这一问题,现代陶艺具备了两大优势:第一,陶艺的发源地在中国,这使得本土资源与国际化的接轨更为自然;第二,中国的现代陶艺,是向西方学习的过程中发展的,而且发展期主要在改革开放后,与油画等较早传入中国的艺术形式相比,反而没有太重的历史包袱。在划清现代陶艺与传统陶艺的界限之后,现代陶艺应当轻装上阵。

事实上,如王广义的《大批判》、蔡国强的《收租院》、《草船借箭》、《龙回家》、徐冰的《天书》等能够在国际上产生影响的作品,都不约而同地选择了中国身份表达的符号。对中国现代陶艺家来说,只有保持民族文化魅力和特色,才能使作品具备足够的力度。"中国的现代陶艺就是中国的现代陶艺"。不少陶艺家从民族化的风格和背景出发,对自己作出了准确的身份定位,白明就是其中的代表之一。(图56)

当然,明确民族身份决不意味着民族文化元素的生搬硬套。现在有些陶艺家直接在产区购买传统的产品加以改装,但对其中蕴含的文化符号却不能成功地消化和升华,作品显得粗糙、僵硬,这是典型的从观念到观念的思维方式,使作品完全失去了应有的魅力。

三、文化针对性和文化批判

曾有批评家评论说,今天的中国艺术界正处于"理想主义的黄昏"。

56.白明《大汉考——龟板》瓷土 47×40×3cm 1300℃ 2000 年

充斥商业因素、流行文化的中国社会，确实消解了很多艺术家的创作欲望和冲动。后现代艺术的"挪用"、"呈现"和"拼盘"被艺术家广泛使用，在无休止的重复中，似曾相识的作品使最有判断力和欣赏口味的人们也失去了胃口。而陶艺自身的特质，却给了陶艺家们得天独厚的条件，使他们能在浮躁的社会中保持坚守的姿态；陶艺，因而也具备了鲜明的文化针对和批判意味。

在不少大众文化研究中，"文化"被定义为意义在特定的社会中的产生和流通，强调文化与社会和权力的关系。这一概念是在社会学、人类学的意义上产生的，而不仅仅是美学或者人文意义上的，这一侧重点所具有的特征尤其重要。陶艺作品中所蕴含的文化特征，也更多地从社会学、人类学意义上表现出来。

现代陶艺是在批判和超越传统陶艺的基础上产生的。我们知道，保守的因素使文化成为连续性的稳定存在，变革的因素使文化得以创新和发展。现代观念的引入，使得现代陶艺完成了它第一个批判使命：对传统中的保守因素进行消解和再创造。应该说，现代陶艺很好地完成了这一任务。现代陶艺对传统文化中僵化、经验性的制作方式以及作品风格的突破彻底而干脆。这不仅仅是打破固有的器皿形制，还带有某种革命的意味。

随着社会的发展，个人生命存在的文化特征永远处于一种张力之中，在现实与理想、现有与应有、有限与无限、此岸与彼岸的争夺间徘徊；而现代陶艺坚守着陶土和火的质朴，达到了对浮躁的商业文化的批判和超越。换句话说，这是对当今大众流行文化的批判：反对重复，强调偶发性、创造性。流行往往意味着重复，意味着对大众文化符号毫无节制的发掘，包括毫无疑义的克隆。而陶艺的魅力正在于其独创性、陶土本身的特质让陶艺家们必须保持清醒的头脑，陶艺家在创作中任何一个阶段都能提升自身的高度。这是其他的艺术门类很难比拟的。在文化符号学的意义上说，运用陶材进行创作意味着创作自身独一无二的文化符号，意味着对大众流行文化的消解。

在广泛的理论探讨中，陶艺家们已经达成了共识：艺术与生活必须处于临界状态，也就是艺术家主体对大众文化必须保持距离，这是区分日常生活方式与艺术的最后标准。这种距离感"如同呼吸般的平静与必需"。萨特说过，人的存在是真正的存在。存在主义从这种观点出发，特别强调个人发展要突出个性，每个人都要自觉努力并做到"与众不同"。而在艺术创作中，个人情感的流露是按捺不住的。单靠经验积累或者被动塑造而产生的带有社会性格的创作会扼杀艺术的生命力。中国禅宗主张"一切法皆从心生"，"自性本具自足"，而我们从《达摩》、《参禅》等现代陶艺作品中，从白明"隐约发现一个禅师的背影"的创作冲动中，不正可以感受这种"法从心生"的魅力吗？

注：

① 见易英《走向纯艺术之路》，《超越泥性》，广东美术馆，1997 年

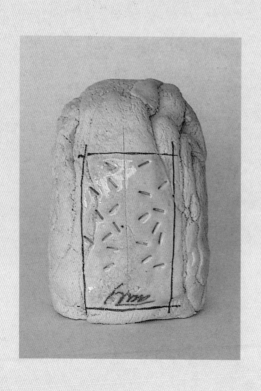

第四章

陶艺教育

陶艺教育是现代陶艺发展过程中的一个重要组成部分。近年来,陶艺教育已经受到更多的重视,陶艺教育作为现代教育的一部分已经成为人们的共识。

中国的院校陶艺教育是分为两条线发展的,其一是陶瓷美术设计,以艺术院校的陶瓷系和工艺系陶瓷专业的设计课程为主,它是从民间工艺和现代设计发展起来的,最早起始于20世纪30年代的景德镇瓷业学校。改革开放以后,一些工艺性院校中逐渐创立了陶瓷美术设计专业和系。其二则是纯艺术性的现代陶艺教育,依托于陶瓷美术设计专业和院系。这种状况持续了很长时间,甚至到今天也还没有根本改变,只是在教学大纲和课程安排上有所照应。1995年以来,景德镇陶瓷学院、中央工艺美院、中国美术学院、湖北美术学院、苏州大学、上海大学美术学院、南京师范大学、江西教育学院、苏州工艺美术学校等相继成立了针对现代陶艺教学的陶艺工作室,有些院校还开设了陶艺专业。

在陶瓷美术设计方面,作为工艺美术类的陶瓷艺术教育自建国以来有了很大的发展,并取得了显著成绩。景德镇陶瓷学院的周国桢、施于人、姚永康、余进宝、胡金强、陈作芳、吴天保、伊一鹏,中央工艺美院的陈若菊、金室升、杨永善、张守智,中国美术学院的邓白、陈淞贤、广州美术学院的高永坚等工艺美术家为此付出了很大的心血。陶瓷美术设计领域长期以来名家辈出、硕果累累,很好地继承和发展了中国古老的陶瓷艺术,并以有目共睹的成果汇入世界现代设计大潮。

相对而言,纯艺术性的陶艺教育发展较为缓慢。长期的陶瓷工业设计教育传统使得纯粹的陶艺教育在教学大纲中始终无法占据主要的位置，直到 90 年代中期以后，这种局面才得以改观。

第一节　　早期现代陶艺教育

高校是中国早期现代陶艺的温床。高校图书馆与专业机构资料室进口的原版陶艺专集，大量介绍了日本、美国、瑞士、韩国、加拿大等国的现代陶艺作品，现代陶艺观念由此在陶艺教育领域内传播，在不长的时间内逐渐被视为陶瓷艺术的最高境界。在当时，陶瓷和工艺美术专业的学生大都是抱着学习纯艺术的态度进入高校的，因此，面对形形色色的现代陶艺作品，他们虽然没有现代陶艺的理论指导，但却能从中体会到脱离了工艺美术范畴进入纯艺术领域的洒脱感。在完成传统课程和工业造型性质的设计制作之余，一部分倡导现代陶艺的老师带领学生开始了现代陶艺创作。由于时代的局限，他们对现代陶艺乃至现代艺术都缺乏足够的理解，往往以盲目的破坏固定形制，以感性的方式泼釉和刻纹来满足对"现代感"的追求。（图 57）

在 20 世纪 70 年代末期，美国已经有将近 500 所大学可以提供陶瓷专业的学士和硕士学位。而到了 20 世纪 80 年代初期，中央工艺美术学院、中国美术学院、广州美术学院、湖北美术学院、景德镇陶瓷学院才先后开设了陶瓷艺术专业。但在这些院校中，真正系统的现代陶艺教育体系尚未形成，学生首先要完成的是工业陶瓷设计之类的传统课程，现代陶艺教育还没有纳入教学大纲之中。中央美术学院的老师易英曾感慨

57.晓港窑主持人曹国昌接待来访的国内陶艺家。从左至右依次为曹国昌、周武、吕品昌、沛雪立、包荒

地写道：

　　"80年代，我曾在国外一所大学的美术系工作过一段时间，在那儿，美术系的专业设置与国内大不相同，给我印象最深的就是陶艺教学，陶艺工作室的规模和陶艺教学的比重都远远超出我的想象，尤其是陶艺的创作，完全是一种独立的现代艺术类型，与作为实用工艺品的传统陶瓷艺术相去甚远。遗憾的是，回国后，在有意关注我国现代陶艺发展的状况时，仍然感到我国陶艺没有脱离

传统工艺美术的窠臼，大多数陶艺作品仍然囿于手工艺品的观念之时趋于更加精美和别致，以及对古代烧窑技术的探秘与复原。"①

以景德镇陶瓷学院为例，当时基本按照全国美术学院的教学方式去教学，美术系下设雕塑专业和设计专业，并不开设陶艺专业。前者主要学习雕塑造型，后者主要设计咖啡用具等日常用品，4年才有两次陶艺课程。学生们学习的大多是古彩、粉彩、青花、釉料、陶瓷工艺学等课程，只有在陶瓷工艺学中有烧成的理论学习，没有专门开设烧成实践课程，学生很难从煅烧实践中体会泥与火的魅力。

由于景德镇陶瓷传统厚重的沉淀，新的陶艺观念很难在这里产生影响。直到秦锡麟担任院长以后，现代陶艺的氛围才逐渐浓厚起来。在秦锡麟的倡导下，景德镇陶瓷学院与美国阿佛雷德大学、西佛吉尼亚大学、加拿大诺瓦斯科塔艺术学院共同举办"中国陶艺国际夏季进修学院"定期招收国际学员，广泛开展同国际陶瓷艺术领域的交流。他们先后与日本、韩国、美国、加拿大、俄罗斯等国14所高校建立了校际关系，举办过中美陶艺展、中加陶艺展、中韩陶艺展等活动，连续3年派大批学生赴韩进行学术交流。由于景德镇陶瓷学院的特殊地理位置，吸引了大批日本、美国、韩国、加拿大、越南等国以及香港、台湾等地区陶艺术家和学生前来学习和进修，从而使师生们较全面地参与和融入了世界陶艺发展的大潮之中。

再如原中央工艺美术学院，在学院成立之初就已经建立"陶瓷艺术设计专业"，主要培养产品设计人才。从20世纪80年代至今，该专业的教学体制都没有太大的变化。其主干课程包括普通素描、色彩、雕塑、拉坯、陶艺创作、彩绘、装饰图案等，课程分割比较零碎，虽然有一部分涉及到陶艺专业，但没有居于主要位置，而是以器皿和产品设计为主。虽然有按照现代陶艺的方式授课的"陶艺创作"课，但由于缺乏条件，很多作品只有构思和泥稿，不能煅烧完成。学生在4年学习期间，只

103

有一年半的时间接触陶土，其中还包括临毕业前的半年创作选修课程。在最大限度上，学院所能做的只是在毕业生的创作选题上宽松一些，借此鼓励和认可学生进行现代陶艺创作。

总而言之，虽然在当时的高等院校虽然有不少老师是现代陶艺领域的探索者，但仅靠这些老师的影响远不足以改变陶艺教育的整体状况。国家固有的教育导向、对于传统工业造型的课程安排起决定作用。当然，通过一部分老师的努力，现代陶艺正在逐步扩大在高校内的影响，现有的教育模式也有了逐渐的松动。这在进入 90 年代后更加明显。

第二节　　陶艺教育逐步发展

进入 20 世纪 90 年代之后，随着现代陶艺在中国的兴起和不断扩大发展，各大、中、专院校和艺术学院对现代陶艺有了新的认识，在教学上开始注重现代陶艺教育。如尹定邦、刘露薇在谈到广州美术学院设计系的发展历程时指出，广州美术学院在 1989 年成立陶瓷美术设计系，并打算建立陶瓷艺术研究中心。

随着现代陶艺的蓬勃发展，在社会力量的促进下，原中央工艺美院的陈进海、白明，中国美术学院的陈淞贤、刘正，景德镇陶瓷学院的周国桢、姚永康，中央美术学院的吕品昌，湖北美术学院的李正文等人率先提出在陶瓷美术学专业的教学大纲中纳入现代陶艺的教学内容，并明确提出现代陶艺与陶瓷美术在目的与任务上的根本区别。一系列相关的理论探讨也随之出现。陈淞贤 1989 年发表了有关现代陶艺的实质与创作方法的理论文章，陈进海在《装饰》总第95期也发表《陶艺观念谈》，关于现代陶艺的研究成果在现代陶艺的教学中也逐步得以体现。

这些将现代陶艺以必修与选修方式纳入正常教学的院校，在整个教学机制上还有待于完善，教学方法上还有待于提高，教学内容上还有待于充实，教学观念上更要防止反过来轻视陶瓷美术设计的思想倾向的出现。现代陶艺毕竟是以陶瓷材料及工艺技术为媒材和手段，需要从传统陶瓷艺术中获取滋养，与现代陶瓷设计相互推动，齐头并进。它们体现了中国院校教育教学领域的拓展和现代陶艺在正统院校教育的开始。无论将来是否会形成一种"学院派"的僵化局面，这都是一个历史性的跨越。

在社会陶艺教育方面，伴随着中国现代陶艺运动的逐步高涨，教学式的"陶艺工作室"和"陶艺教室"，在各地雨后春笋般的出现，少儿活动中心的陶艺室和商业陶吧也开始普及。陶艺教室和商业陶吧是一种市场现象，这种现象的出现是社会演进的必然，包括其合理性和存在价值。

如前所述，现代陶艺教育有两个方面，一是专业性的，一是普及性的。后者近年来似乎发展更快，因为在此之前这一领域几乎为空白；而专业性教育则相对缓慢些，因为要在短期内打破或修改一个固有"模式"是有一定困难的。但现代陶艺的快速发展，使得学院的教学大纲渐渐向现代陶艺倾斜；陶艺产业的急剧变化，大规模集群化的生产模式逐渐萎缩，个体手工作坊和陶艺工作室在陶瓷产区和大城市相继建立，整个社会需求在一定层面上出现了背离机械化和标准化的趋向，这种产品和人才的社会需求从单一性向多层次变化的现实，使得专业培养的模式向着实用型和纯艺术型双向并进的发展方向转化。

第三节　　陶艺教育长足发展

1997年之后，专业陶艺教育和民间陶艺教育得到了长足发展，除各美术院校外，许多综合类大学如北京师范大学、北方工业大学、南京师范大学、华中师范大学、上海复旦大学、广东工业大学、华南师范大学等相当数量的大学都开设了陶艺教室和陶艺课程班，甚至不少中学和小学也开设了陶艺课室。2000年2月，学校陶艺教学课题研究的实验工作启动会议在长沙举行。随着国家教委将陶艺教学纳入小学手工必修课，全国各小学、中学正逐步将陶艺课纳入必修课程，陶艺全面普及的前景是乐观的。

陶艺教育的普及与整个现代陶艺的发展密切相关。在美国，高等教育体系中现代陶艺教育早已形成了一种十分普及的艺术教育形式，并在此基础上成立了全美陶瓷艺术教育委员会(The National Council on Education for the Ceramic Arts)，每年3月下旬到4月初都会举行年会。而在中国，别说陶瓷艺术教育委员会，即使是全国性的陶艺委员会，也是近两年才成立的，而且还附属于中国美术家协会。而中国工业陶瓷协会则侧重于陶瓷新产品的开发。

随着高等院校中的专业陶艺教育深入，从80年代末期景德镇陶瓷学院、中国美术学院、清华大学美术学院才开始培养现代陶艺方向的研究生，如李见深、吕品昌、许群、李素芳、徐玉珊、陈健捷等。1999年，由陈光辉主持的上海大学美术学院的陶艺工作室也开设了当代中国陶艺专

58.丁珍《植物No.3》陶 80×50
×35cm 还原焰1260℃ 2001年

业，招收研究生和进修生，学制为3年，开设
工作室创作、泥料及釉料配置、烧成研究、中
国陶艺史、现代陶艺现象等必修科目。工作
室以当代陶艺为研究方向，分为雕塑和实用
两个具体方向。每年，工作室都会与美国阿
尔弗雷德陶艺学院交换研究生，并邀请世界
各地的知名陶艺家来工作室制作和教学。
2001年7月，中央美术学院首届研究生课程
班学生结业，并举办了毕业作品展览，共有
8名学生参加。这届课程班的指导教师为吕
品昌。学生们经过了雕塑基础和陶艺技巧的
基础训练，在老师的指导下取得了相当的进

59.1998年12月，中外陶艺家参观筹建中的广州现代陶艺美术学校，左起：罗小平、石磊、黄美莉、张晓莉、许以祺、周定芳、左正尧、陆斌、李见深、沛雪立、郑祎、曾桂越、刘影清

步。（图58）

　　随着高等院校陶艺教育的深入，相关的科研和教学设施在不断完备。例如广州美术学院集教学、科研、创作和试生产于一体的晓港窑，能够自行烧制彩陶、黑陶、唐三彩、青花瓷以及现代陶艺作品，为陶艺研究和教学创造了良好的条件。

　　在高等院校陶艺教育深入发展的同时，中小学的陶艺教育也陆续展开。1999年6月，湖南省第一次中小学生陶艺作品展在长沙举行，共征集作品1000多件，挑选了345件作品参加展览。1999年7月，由广东美术馆左

60.罗小平在美国密歇根大学给
学生表演,1999年

正尧策划的"中国当代少儿陶艺作品展"在新加坡举行。这一时期,民
间陶艺教育也取得了进步,一系列民间陶艺学校陆续开办。1999年张金
秀、龚志梅、左正尧合作筹建了广州现代陶艺美术学校,该校占地面积
2000m²,有2立方米和0.5立方米窑各一座,是当时国内较大规模的民
间陶艺美术教育基地。(图59)

　　1999年5月3日到22日,湖南长沙的"陶艺大教室"受全国美术
教育研究会委托,举办了全国美术教师陶艺培训班。该培训班由中央工
艺美术学院派出陶艺系教师授课,参加的学员来自吉林、辽宁、四川、
深圳和长沙等地。培训内容包括手制成形、轮制成型、装饰处理、上釉
和烧制实践等。

　　中国陶艺家还与国外陶艺教育界进行了一系列的交流。如1999年3
月,王建中、张温帙、葛韬等6位大陆陶艺家参加了美国陶瓷艺术教育
委员会年会。从此,大陆陶艺家开始参加美国陶瓷教育委员会年会。
2000年3月22日至25日,该年会在克罗拉多州首府丹佛城召开,李见
深、罗小平、许以祺、周光真等6人出席。并在丹佛市印蒂哥斯画廊举
办"中国当代陶艺展"。2002年,郑祎、吕品昌、罗小平、陈光辉等再度
出席了美国陶艺教育年会。

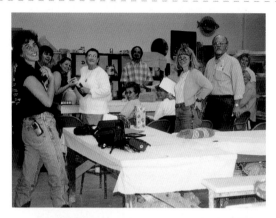

61.白明在美国大峡谷学院讲学，2001 年

62.2002 年 2 月 28 日，吕品昌在美国阿尔弗雷德陶瓷学院讲学、示范

　　此外，还有不少大陆陶艺家应邀到国外讲学和交流。1999 年，罗小平在阿尔弗雷德大学、密歇根大学、北亚利桑那州立大学、纽约州立大学、圣露易丝私立学院、新西兰奥克兰陶艺中心等三十多所大学和艺术学院举办讲座表演，并于 2002 年 3 月到 5 月在梅萨公共学院讲了两个月的陶艺课。2001 年 2 月到 4 月，白明分别在费城陶艺中心、堪萨斯州立大学陶瓷系、亚利桑那州梅萨学院陶瓷系、大峡谷大学陶瓷系为当地陶艺家和陶艺专业的师生举办讲座、示范。2002 年 2 月 28 日，吕品昌在美国阿尔弗雷德陶瓷学院讲学、示范。对中国现代陶艺向国外推广起到了重要的作用。（图 60、61、62）

陶艺教育的普及与深入是中国现代陶艺发展的基本条件。近20年来，现代陶艺教育虽然有了相当的发展，但仍跟不上整个现代陶艺的发展步伐。时代的发展，给现代陶艺教育提出了更高的要求。近年来，不少问题在教学实践中凸现出来：在信息时代怎样加强学生的基本功训练？如何将基础课和创作课有机结合进行教学？如何使学生真正把握材料的美感、动态、结构和造型？为此，有教师提出了重点培养学生的直觉的创造能力和速写式的训练法，鼓励学生主动出击进行学习，对创作素材进行分解、结合、比喻、联想等等。快速发展的现代社会，要求学生面对不同的材料、文化、经济、宗教的差异时必须有灵敏的反应。

改革已经是时代的要求。在高校中，现有的陶艺教学大纲应该针对社会的需要进行调整，建立相应的机制鼓励学生投身陶艺创作。具体的课程安排也应进一步完善，从泥料、釉料配制、烧成技法、造型、创作理论等方面对学生进行全面的培养，加强学生在创作中的自主意识。同时，也应该出台相关的政策鼓励民间陶艺教育的发展，推动陶艺在全社会的普及，为现代陶艺营造良好的发展空间。

注：

① 见易英《走向纯艺术之路》，《超越泥性》，广东美术馆，1999年

第五章

中国当代陶艺家群体

第一节　　专业陶艺家群体

专业陶艺家群体是中国现代陶艺创作中的主体力量。他们大多身处高校，对现代艺术思潮较为敏感，同时，他们也有更多的机会率先接触到国外的艺术资源，并将这些资源融入自己的创作之中。

一、初期活跃的陶艺家

20世纪80年代初期，现代艺术蓬勃兴起，引起了国内高校中一些较为敏感的教师的关注。在景德镇陶瓷学院、中央工艺美术学院、浙江美术学院、湖北美术学院等艺术院校，周国桢、陈淞贤、李正文、谭畅等思想激进、创作活跃的教师率先在学生中介绍"现代陶艺"这一连他们自己也不甚明晰的艺术思潮，并满怀激情地和学生们一道开始了探索性的创作。他们是专业领域内的现代陶艺先行者。

周国桢

1982年，周国桢开始制作泥条盘筑、质地粗劣、却富于结构美感的现代陶艺作品。这些作品多以素烧为主，薄施以氧化铁为主的干涩无光的黑褐釉，如疣猪、猩猩等。在颜色釉的烧成方式上，他敏锐地注意到了烧成过程中的偶然因素，并有意识地加以利用，通过温度的变化来获

63.周国桢《雪豹》陶 29×10
×14cm 还原焰1100℃ 1981年

取釉料的各种非常规烧成效果。据他自己
说，作品"雪豹"的色釉变化效果，就是一
次烧成事故造成的。在烧制过程中，因故突
然熄火，使颜色釉没有充分熔融便开始冷
却，以致釉面裂张。"雪豹"刚出窑时，他曾
大为吃惊，之后便转忧为喜。这种完全出于
预料之外的效果，给他以极大的启示，使他
在此后的创作中更加注重偶发效果的捕捉。
（图63）

在烧成温度和效果上的一系列探索，体
现了周国桢从关注"再现之美"发展到同时
关注材质之美和工艺之美的观念转变。这些
美感的追求是建立在个性展示与意象表达基

64.周国桢《王大叔》陶 18×
19×18cm 还原焰1100℃
1984年

础之上的。这对一个已经形成自己创作风格的艺术家来说需要莫大的勇
气，实属难能可贵。（图64）

姚永康

　　这一时期，同为景德镇陶瓷学院雕塑系教师的姚永康也在进行现代
陶艺探索。"文革"期间，姚永康在瓷厂工作十多年，积累了大量实践经
验，其作品朴拙有力，多以人物和马见长。他一直从事雕塑教学工作，

是现代陶艺早期推动者之一。姚永康最初对现代艺术并不太提倡，他给自己取名"土人"，坚持向传统艺术尤其是汉魏艺术学习。20世纪80年代初，李茂宗、温·海格比等人来到景德镇陶瓷学院讲学交流，这成为他创作的转折点。此后，他尝试用各种泥料，结合泥板、泥条、偶发性的泥性肌理等创作元素，创作人物、马等作品，并截取人物的躯干部分加以夸张地造型。但姚永康对90年代之后一些粗糙的现代陶艺作品表示不满，认为这些作品矫揉造作，无病呻吟，并对现代

65.姚永康《污染》陶 30×30×28cm 还原焰1300℃ 1997年

66.姚永康《世纪娃》系列之一 青瓷 60×19cm 还原焰1310℃

陶艺发展的某些观念持批判的态度。温·海格比曾经评价他："你的长处是不动。"在他看来，姚永康的作品仍保留了80年代以来固有的风格样式。

近期，姚永康创作了一系列直立造型的瓷泥娃娃与小动物组合的作品，他把这批作品命名为《世纪娃》系列。作品以娃娃的造型作为主线，在娃娃四周穿插着莲藕、荷杆和荷叶，有的作品将底座塑造成大鱼，有的则直接将底座塑造成了方形的符号。作品表层施以薄薄的青釉，釉色明暗对比丰富，表层所出现的龟裂细纹，使作品富于自然气息。作品采用中国画常用的写意手法，用泥片卷曲自然形成人物的表情和动态，随意在头部刻线和挤压出人物的五官，注重神似，有的作品甚至如中国画般盖满了印章。可以说，姚永康将中国水墨画的语言自然地运用在了这组瓷土作品上。（图65、66）

陈淞贤

在中国美术学院，以陈淞贤为代表的一批教师展开了积极的探索。陈淞贤毕业于浙江美术学院，长期从事陶艺教育。"现代陶艺"观念导入之初，他就热情地投入实践，并在教学中积极倡导陶瓷艺术的创新和现代陶艺创作的尝试。他早期的代表作《虎》和《岩》精美、完整，却很明显是从既有象征性和装饰性，又是实用品的"带钩"、"玉佩"转化而来，其形制仍然无法摆脱工艺美术中追求"共赏"的束缚。对于一个执著探索，而一时又无法拨开迷雾的艺术家而言，其矛盾与困惑是可想而知的。虽然如此，这些作品中仍然透出了将个性融于作品之中，努力发掘与展示物性之美的进取气息。（图67）

同时，陈淞贤没有局限于单纯的创作上，而是明智地从理论研究这

67.陈淞贤《回音》陶 50×25×25cm 氧化焰1200℃ 1992年

一根本点着手,大量阅读、思考与交流,使思路逐渐明晰起来。1989年,陈淞贤在《新美术》发表了学术论文《陶艺的当代风格》。他写道:"把陶艺创作的审美意义从以实用为主的传统创作原则中独立出来,并且得以空前的强调,这是现代陶艺的基本创作主导思想……现代陶艺的当代风格已经十分明显地从以往的单向风格转变成多元的、开放的复向风格,这是一种高层次的文化综合,充分体现了在信息时代,随着信息的快速传递,人们产生的心理异化趋向,以及为了寻找异化了的自我,在不平衡中谋求新的平衡的逆反精神。"从他1987年以后的创作中可以看到这些艺术理解在作品中的反映。材料感的追求、工艺技术的合理运用,内心情感变化的捕捉,个性特征的自然流露、社会心理的深层反映

68.陈淞贤《碟》63×34×27cm
还原焰1300℃ 1999年

等等现代陶艺的表述语汇都有机地融会在他的作品之中。与同时期的现代陶艺探索者相比，陈淞贤显然更能体会其中的精髓，而且直到今天，他对陶艺活动的热情也丝毫没有减退，这在同时代的先行者中也是不多见的。（图68）

陈淞贤兢兢业业、一丝不苟的工作作风和执著的艺术追求，在学生中起了良好的表率作用。在他的影响和带动下，中国美术学院的现代陶艺创作蔚然成风，成绩斐然，涌现出孙人、王建军、张宝成、刘正、周武、许群、李素芳等一批优秀青年陶艺家。

李正文

　　毕业于中央美术学院雕塑系、于1973年起任教于湖北美术学院的李正文同样是早期现代陶艺倡导者之一。他从1980年开始涉足陶艺创作，主要创作陶瓷壁画及陶雕。也许是因为其专业背景，李正文的作品中"实用工艺性"的意识比较淡，因而刚刚接触到现代陶艺观念便很快接受并付诸实践。李正文的80年代的代表作有《金蟾》、《直立的熊》、

69.李正文《荷塘系列——迎风》
瓷　30×21×17cm　1350℃
1997年

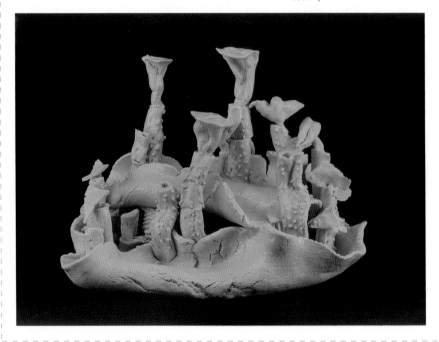

70.李正文《荷塘系列——瓢》釉瓷 91×54×53cm 还原焰1280℃ 2001年

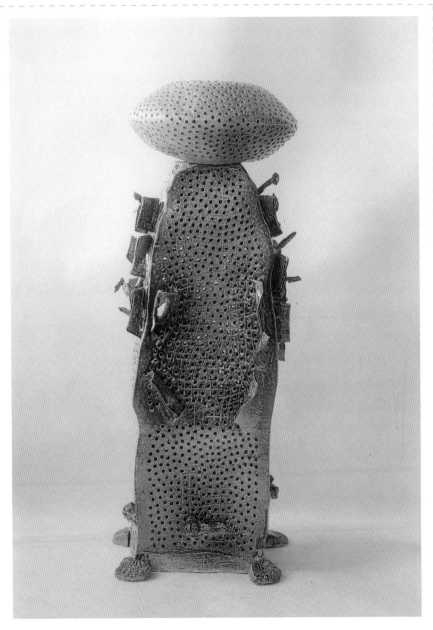

《生命》系列、《生命·水系列——世界》等；90年代最具代表性的作品有《渴》、《古井》、《荷塘系列》等。这些作品的主题是对每况愈下的环境问题的思考。在《渴》和《荷塘系列》中，他借"荷花出污泥而不染"的传统意境，加以反向变异的讥嘲表达，突出了环境污染和水资源危机的现实问题。他将连接着水阀的水管插入莲蓬都已脱籽、枯干的荷塘中，并且把莲杆表现成一段一段的水管的拼接形式，表达了对大地干枯、生命饥渴、岌岌可危的生存现状的忧虑。

对于做陶的体验，李正文在一篇自述中这样写道：

"陶艺是性灵的艺术，做陶的人要有点禅者的态度，其过程往往比结果更重要……伴随着欢乐、痛苦、烦恼、懊恼和喜悦，这一切的感情历程大起大落、不可预测、其乐趣就在于此……陶艺的形体最能直接、真实地反映你对形体的感受，撕、拉、挤、扯、压的手的运动，以及泥在火焰的炼狱中再生而凝固，代表着感情的轨迹。"[①]

他注重手的运动之于泥的意义，注重"炼狱"的再生意义，注重这一过程中不可预测的偶然性给人带来的忧喜之情。大概这位"禅者"对于偶然性的意义，并非仅仅追求一个意想不到的结果，而是在人的意识无法企及的无穷变幻、奇妙无边的物质世界中，一次次地去体验精神感悟的安慰。他的这一些悉心探索和诚挚的表达，以及撰成文字的感受，对同仁和后辈都有很多的启示。(图69、70)

谭　畅

在广东高校中，现代陶艺教育的先行者首推谭畅。谭畅1921年生于广西贵县，曾任广州美术学院教授。1951年开始，谭畅先后在华南文工团、广州人民美术社陶瓷厂担任美术设计，先后到佛山石湾、潮州、

71. 谭畅《大角飞天》陶 54×42cm 氧化焰 1150℃ 1980年

72.谭畅《羊》陶 56×43cm 氧化焰1150℃ 1982年

高陂任陶瓷创作员。1957年，谭畅参加广州人民美术社的实用与装饰陶瓷展。1963年开始，谭畅任广州美术学院工艺美术系陶瓷专业教师，并在校办陶瓷厂坚持陶艺创作多年。与他同代的高永坚主要将精力放在传统釉料开发上，较少关注现代陶艺创作。而谭畅则用现代意识进行个人陶艺作品的创作。直到90年代，谭畅的艺术思想依然非常活跃，在他看来，"做陶的过程充满着尝试和创造的乐趣，人世间从未有过或做过的东西包括神话的、传说的、形象的……都可以成为我感兴趣并尝试创造的题材，成为我的陶艺作品。天上地下人间都是我的世界，内心也因之得到最大的满足。利用方正的泥板，做一对直身花盆。前后左右互有变

超越泥性

化，使长方形中产生出许多变化。泥板有很大差异，我直接用泥板切割，再在上面拉动，一些局部弄湿拉长，过硬的还得左右屈动，使泥片变软，做成所需的形状……"② （图71、72）

虽然有活跃的思想，但由于历史沉淀和影响，谭畅的陶艺作品并没有在材料和造型上进行根本性的突破。他的作品超越了当时固有的表现手法，尝试着将拉坯的作品进行切割之后的重新组合，带有民间装饰性的造型特征。他充满想象力的创作手法，直接影响了他的女儿和学生曾鹏、曾力。令人惋惜的是，由于种种原因，广州美术学院的陶艺教学没有形成一脉相承的体系，在他去世后，后来者没有对其陶艺创作资源进行整合开发，只有他的个别学生和女儿谭红宇继承了这笔财富。(图73)

孙 人

1985年毕业于浙江美术学院工艺系陶瓷专业，并留校任教的孙人（孙保国，现居国外）既有学院派造型根基，又有现代陶艺创作意识，其作品透出强烈的造型力度。他大量运用了孔状和人眼符号在陶器造型的基础上给予夸张强调，甚至直接将人的五官塑造在瓶子的造型上，如《蜂窝牌咖啡具》、《蜂窝柱》、《酋长》等有蜂窝般的表面，《眼柱瓶》在瓶子表面布满大大小小的眼睛，让人在视觉上产生强烈的冲击。其作品弥漫着东方传统神话的精神，如《庄稼鬼》、《山海经》等等，透出他内心深处的精神冲突，比起他早期从雕塑转化而来的作品要更为纯粹。

孙人于1988年7月在浙江美术馆举办了"孙保国现代陶艺展"。该展是当时中国现代陶艺界少有的纯粹的现代陶艺展览。他与当时的前卫艺术家群体联系较为密切，甚至有前卫艺术家以孙人为原型创作了油画《第二状态》。《中国美术报》对他的这张脸有着这样的评价："巨大的笑脸使人联想到人与人关系冷漠、虚伪的一面，这种假面具的嘲弄，常常让人觉得掉进了可怖的'笑脸'的陷阱。"③

陈进海

在北京，原中央工艺美术学院一直以传统工艺和产品设计为主，但也有一部分教师进行现代陶艺创作，如陈进海。他首先将现代陶艺的观念和制作手法运用到他的作品中，在传统陶艺与现代陶艺之间取得了微

74.陈进海《历史的沉积之四》陶
48×21×21cm 氧化焰1250℃
1988年

75.陈进海《城中城》101×53
×39cm 还原焰1230℃ 1992年

妙的平衡。在从事创作的同时，他还撰写了
《装饰与类文化》、《世界陶艺史》等著作，并
培养了许多优秀的学生。（图74）

　　陈进海积极倡导"具有古老东方智慧和
强烈的时代精神"的创作理念，早期作品制
作手法以拉坯为主，多用素烧，在拉坯过程
中捕捉最能表达个人情感和情绪变化的各种
形态，这些作品在拉坯的大件和小件之间进
行了对比性的组合，并赋予它独有的文化内
涵。但这些作品造型过于圆滑而少了些张力。
从他1991年创作的《城中城》中能看出在他

艺术创作观念的新突破，克服了早期作品中张力不足的缺陷，细腻、栩栩如生的兵马俑造型和用刮刀在泥料上留下的粗犷符号形成了强烈的对比，在简明而富于象征性的造型中还原了对历史的深层思索。（图75）

《城中城》代表了陈进海一个时期的风格，而他近期的作品从力度到造型上纳入了装置的某些手法，使作品透露出更清新的造型语言，这从他的近作《陶乐》中可以看出来。《陶乐》与一般装置不同，不仅能看，而且能用。他用重复的陶碟悬挂在木装置的框架内，这与胡咏仪对空间的思考有着相似之处。这种改变反映了一种陈列语言和创作思路的突破。"他在努力追求陶艺造型和装饰的自己的语言，尽其所能地表现陶与瓷的本质美，不仅注重造型形式和装饰手法，更重要的是通过挖掘材料和技术（包括烧成）相互作用及可能出现的艺术效果，利用多方面的因素，形成独特的表现形式和艺术风格。"[4]

二、中青年陶艺家群体

吕品昌

由于有了初期陶艺家们的努力推动，国内的陶艺界有不少新人崭露头角，吕品昌就是其中一个。他的陶艺创作活动可以分为两个阶段，第一个阶段为1982年至1995年在景德镇陶瓷学院工作时，作品以《中国写意》系列和《石窟》系列为代表。前者借用了中国大写意人物画的用笔手法，除人物的脸、手具象外，衣服、身体都用大块泥版、泥片随意堆砌而成，衣纹十分放任。而《石窟》系列作品来源石窟文化的灵感，在整块陶泥之上塑造洞窟、佛像，流露出大漠、风化和空茫的凄迷之美（图76）。在这一时期，吕品昌非常注重肌理，尝试用气泡、斑点、扭曲、塌陷等各种肌理展示作品的各种可能性。他觉得在自己的作品中，"缺乏足够的意蕴上的暗示和约束以致丰富的陶艺形式因素未能充分转化成具有特定形式意味的艺术语言"。但同时他也意识到，"纯化艺术语言并

超越泥性

不是那种一味的削弱和淡化精神内涵的所谓纯形式的追求，而是努力地将人生过程中生发的朴素精神感受诉诸纯形式的精神表达，从而转向纯化陶艺语言的探索。"1994年10月8日至10月13日，《吕品昌陶艺·雕塑展》在中国美术馆展出（图77）。此次展览后不久，吕品昌从景德镇调入中央美术学院并主持陶艺工作室，其创作也进入了第二阶段。他的作品开始流露出浓重的雕塑感。如《混沌的失却》，这件体积达5×4米的作品是由多个部分组合而成，采用了陶、瓷、钢焊接等多种材料，从造型到制作手法都有装置雕塑的痕迹。同时，他继续将早期《石窟》题材往前推进，演化为《历史景观》系列。这

77.吕品昌《历史景观NO.2》陶
80×40×30cm 1230℃ 1999年

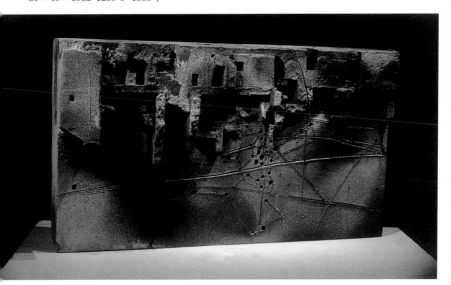

超越泥性

79.吕品昌《阿福》陶 20×20×18cm 1230℃ 1994年

80.吕品昌《阿福 No.16》陶 38×35×28cm 1230℃ 1999 年

超越泥性

件作品以环境景观来解读文化与历史，比起《石窟》从制作到烧成都要更趋完整。（图78）

从景德镇到中央美术学院，吕品昌一直没有放弃《阿福》题材的创作。他用母亲怀抱阿福的造型创作了多件作品。作品采用了泥板成型的手法，在人物的动作、肢体截取和烧成手法上比以往作品更放松和感性。而近期，吕品昌的创作思路直面生活的当下性，这从他的最新作品《神舟》中可以看出来。他以"神舟"飞船为原型，作品表面是棋盘和围棋"宇宙流"，注重作品的思想性和时效性。（图79、80）

吕品昌对现代陶艺的态度一直保持着深切的关注，并身体力行地加以实践。为了把"美浓"展的第一手信息带回国内，吕品昌亲赴日本进行考察，花费了大量的时间和精力。他的作品风格独特，体积大、有雕塑感，这是对传统陶艺旧模式的挑战。他在作品中强化表现火焰的痕迹，在材质的表现力上进行了深入的探索，富有创新精神。可以说，吕品昌是当今中国重要的青年陶艺家之一。

李见深

与吕品昌相比，李见深虽然在中国陶艺发展的几个阶段中都以不同的方式活跃着，但由于种种原因，他个人的创作始终不能处于固定状态。20世纪80年代初期，他致力于对国外现代陶艺的介绍、与国外陶艺家的个人联系等方面的工作，将李茂宗、八木一夫等现代陶艺家资料介绍到国内艺术界。之后，他放弃了国内的种种有利条件，只身去了他向往的世界艺术中心——美国。在此之后的几年，他与国内陶艺界的联系不十分密切，而是将精力集中于对美国陶艺的研究和个人创作的思考。（图81）

81. 李见深《岁月片断》陶 120 × 80 × 75cm 氧化焰 1250℃ 1995年

82.李见深《船》陶 70×40×
40cm 氧化焰1250℃ 1996年

一个艺术家所处的环境能否给他带来创
作的灵感，要看这个艺术家目标的明确与
否。和他同时出国的谷文达、黄永砅、徐冰
等都没有放弃个人艺术创作和参加国际大型
展览的强烈追求，而李见深却从原初的理想
状态慢慢蜕变到了学术交流的"导游式"的
穿针引线。他将不少西方陶艺家带到了国
内，并策划了不少现代陶艺学术研讨会、陶
艺展。中国现代陶艺的发展确实需要这样牺
牲自己的创作时间，为学术交流穿针引线的
人，他的一些活动是值得肯定的。但这毕竟
影响了他的创作。从他近几年的《岁月片

断》、《船》等作品中，人们很难找到真正体现个性的因素。虽然这组作品造型粗犷，烧成和制作技术娴熟，但作品给人的感觉有些浮躁和空洞，虽然闪烁着灵气，却将应有的力度失落在了匆忙的脚步中。他应当投入更多的时间和精力，发挥自己身处陶艺创作前沿的优势，将新的创作观念转化为自己创作的动力。（图82）

白 磊

现任教于苏州大学的白磊最初在景德镇

83.白磊《无题之二》陶 55 × 52 × 1.5cm 1050℃ 1998 年

85.白磊《无题之六》陶 31×30 ×11cm 还原焰1200℃ 1997年

陶瓷研究所工作，画了大量的青花。他将民窑青花的语言抽象化，意境空灵，与当时以具象为主的传统青花的模式有很大的区别。1995年，白磊东渡日本，1997年又去日本参加为期4个月的"国际陶艺创作营"。从日本回国之后，他从青花创作转入到现代陶艺创作。将所学到的技术和方法纳入到熟悉的景德镇传统材料中，尝试使用氧化和局部熏烧等不同烧成办法。他的作品由泥板、泥片、泥块构成，具有厚重体量感和立体形态。白磊喜欢在汗流夹背中锤打泥片，在他看来，只有在反复的锤炼中，泥土才能注入作者的生命。日本陶艺家森正洋认为他锤打泥片成型

86.白磊《无题之三》陶 58×38
×14cm 还原焰1200℃ 1997年

的作品不仅"现代"，而且"非常中国化"。的
确，对传统的学习和消化为他以后的创作提
供了充足的养分。(图83、84)

　　白磊一直没有放弃他对泥板泥片特有泥
性肌理的追求。2000年后，他用同样的材料
创作了一系列看起来类似器皿而表面粗犷、
切痕果断、划线深刻并间和着自然孔洞痕迹

的作品。在烧成技法上，白磊还是沿用了他已经熟练掌握的氧化和还原相结合的办法。他不看重釉料的选用而注重泥性的质感，连选用的泥料也是掺杂了粗料的陶土，在作品中蕴藏了他对现代陶艺精神的深入理解和对于泥性的感悟。他的作品有时会让人联想到某些旧建筑、老墙，给人以年代久远的遐想。我想，他并不是想刻意再现这些表面现象，而是借助物象表现自己的怀旧情感和岁月流逝中的忧伤情怀。追求自然和纯粹，注重以质朴的情感表达真实的自我，以自己特有的艺术风格和作品样式表达他对艺术和生活的理解。当然，人们会发现其艺术语言背后有着极其理性的思维。他"做陶之初只有一个模糊的想法，并无固定和精确的构思；通常是在揉泥、拍打与切割的劳作中将与泥土磨合的瞬间感受及时把握，并逐渐使这种感受明晰起来，使之最终成为作品。"⑥（图85、86）

罗小平

　　熟悉罗小平的人都知道他快人快语，说话直截了当，似乎有着用不完的精力。20世纪90年代初期，罗小平放弃了在同济大学的教职和留学美国的机会，一头扎到宜兴潜心钻研紫砂艺术，一呆就是十余年。

　　大体上看，罗小平的创作可以划分为两个时期。在宜兴时，罗小平主要将他擅长的雕塑语言用于现代陶艺创作中。"在乡下，罗小平的心目中始终浓烈地散发着中国雕塑造型的情感景象，充满文儒气的人物，表情木讷的姿态，是他对传统文化深层精神和当代文化品格的机敏把握。"他的《愚者》系列充分体现了这一点。罗小平的创作技法相当纯熟，"罗小平是中国陶艺家里运用泥片卷捏塑造人物做得最有感觉的一位"，作品成熟细腻，富于感情，并以一种大气的样式和坚实的材料感

87.罗小平《愚者系列之八》58
×31×22cm 1130℃ 1999年

给人以质朴单纯的视觉冲击。他的作品中传
达出的随意与舒展，松动与张扬的特性本身
已经风格化，留下了他不可磨灭的个人印
记，正所谓"艺精近似于道"。（图87）

　　自从作品《愚者》获得平山郁夫奖后，罗
小平依据同样的思路和手法，创作了一系列
的人物造型作品。这些作品大都以强调人物
的精神面貌和性格特征为第一出发点。罗小
平将他熟练的造型语言和雕塑能力运用到泥
板的卷曲中，这种泥板自然凹凸造型而成的
人物表情往往给人以呼之欲出的感觉。陶艺
的中空要求使泥片在卷捏过程中具备了丰富
的自然表现力，罗小平利用并张扬这种泥性

145

88.罗小平《愚者系列之九》陶 30×38×42cm 烧成温度1160℃ 1998年

的天然美感，通过在卷捏过程中的适度引导和把握，使他的作品更加风格化。在烧成上，他用还原和熏烧相结合，在第一次烧成之后把作品以稻草包裹在土坑中重新加以熏烧，并精心设计木柴与作品的距离、火焰的大小和走势，在作品上留下自然而恰到好处的火焰燃烧痕迹。

再高明的工匠也成不了艺术家。艺术家的内心是自由的，不会被技法所禁锢，其技法会随着艺术的想象加以扩展，而罗小平就是一个典型。他将传统的紫砂材料与中国现代陶艺表现方式有机结合在一起，在熏烧过程中将内心的激情自由释放。他曾说，做陶

89.罗小平《愚者系列之三》陶
60×28×20cm 1160℃ 1998年

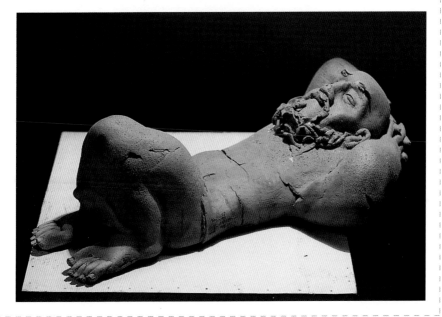

超
越
泥
性

时"对自己的要求不高，去掉假正经和无病呻吟的心态，不管别人喜欢不喜欢，信手捏点真性情——只为自己"。在创作过程中，罗小平挣扎着、煎熬着进行思索和实践，甚至为此打乱了他的生活习惯，一直干到实在累了才停下。可以说，他的创作一直处于一个典型的自由艺术家的状况，这一点与国内大部分的陶艺家有着极大的区别，甚至是本质上的不同。(图88)

近年来，罗小平参加了国内外的一系列展览，作品都颇受肯定。特别是1999年他参加广东美术馆举办的"超越泥性——中国当代青年陶艺家学术邀请展"的一组作品，更成为当次展览的亮点。在他的作品中渗透出中国文人画的情趣，使一部分国画家也开始思考陶艺和中国画之间的关系，甚至试图进行陶艺创作。由于作品本身的形式语言和力度，广东美术馆艺术委员会一致决定收藏罗小平的《愚者系列》之三、之四、之六，剩下的两件也被广东逸品堂收藏。评论家认为，罗小平的作品"在瞬间变化着的动态和泥感的把握中，精确地捕捉着情感意绪；以'物象'为载体的'心象'表达以及把造型中的'自然主义'和装饰性的细节位置在最小限度上。这种种探索性的实验成果是独具特色的，也是传统观念中所没有的风格。"(图89)

艺术家的本性使得罗小平不断否定自我。1999年，邀出访美国费城陶艺中心进行为期6个月的学术交流。在美期间，他参观了许多陶艺工作室和美术博物馆，使得他的陶艺创作观念发生了变化，由此开始了第二时期的创作。他开始关注当下社会的生活状态，创作了《时代广场系列》等新作。《时代广场——代表、妞、保安、思想者》，正是他眼中生活的浓缩，他调侃别人，也调侃自己。在第二次从美国访问归来后，罗小平的作品中更多地运用了波普、艳俗、装置等"国际语言"，如《时代广场——对话》，彻底淡化了技巧，取而代之的是直接明白的"单纯语景"，展现了后现代主义的景观。(图90)

总体而言，罗小平的创作仍处于探索性的上升时期，我们还很难看出他的作品的整体面貌和未来走势，但不难看出他的作品内在的气势和高涨的创作热情和欲望。在创作之余，罗小平还积极从事与陶艺有关的社会活动，推动中国现代陶艺发展。他发起并成立了宜兴市陶艺协会，并于1998年成功策划'98中国宜兴国际陶艺研讨会，2001年又参与策划淄博21世纪国际陶艺发展论坛。这两次活动对中国陶艺发展起到了重要作用。在理论研究上，他主持《雕塑》的现代陶艺栏目近六年，为多本杂志撰写陶艺文章。目前，罗小平还在积极参加其他艺术门类的创作和展览，并从单纯的陶艺家向实验性艺术家转型。

刘　正

刘正是一位充满激情的艺术家。在浙江，他和周武等策划了"中国青年陶艺家学术双年展"等一系列展览，在国内外产生了极大的影响。刘正是那种会被音乐感动的人，他的作品就是在幻想与现实间感觉的记录物，他用素描稿的形式记录这些思维片断，用他的话来说，"日积月累，竟然堆积如山"，真实记录了他生活中的瞬间感受，这些感受也融会在陶艺作品中，成为他生命中的一部分。

刘正的前期作品以造型难度极大的人物为主，不但挑战了人体动作的极限也挑战了陶艺烧成品的工艺极限。他将人体造型放置在很小的支点上，其作品《惊蛰》，女人体只有手指和脚尖着地，人体如同拱桥横跨在展台上，这在烧成时有极大的难度，因为一不小心就会断裂。他用泥条盘筑的方式构筑人体，过程缓慢而且耗人心力，采用这种烧成率极低的造型成了他的代表风格，给人留下了极深的印象。（图91）

刘正的女人体表现得精瘦而有力，头都不可思议地向后昂着，她们

超越泥性

91.刘正《惊蛰六》陶 145 ×
50 × 35cm 1220℃ 1998 年

的动作都显得歇斯底里，似乎希望挣扎
可同时又有一种非痛苦的矫饰。他参加"超
越泥性——中国当代青年陶艺家学术邀请展"
的作品受到了广东美术界和学术界的极大关
注。其具象人物造型风格近乎工笔，造型细
腻，人物刻画细致，人们观看他的作品后往
往惊问：这是陶艺吗？如何能够烧成这样的
作品？在此次展览后，广东美术馆将他的
《惊蛰》系列作品作为国家收藏。（图 92）

此次展览后，刘正尝试用泥性的快感堆
砌鼻子、耳朵等人物符号，如他参加1999年
佛山千年烧的作品《千年沧桑》，是利用沧桑

151

92. 刘正《鸽》陶 30×25×15cm
1220℃ 2001 年

斑驳的肌理来展示陶土的可塑性。同一时期
的《天问》系列也是将陶泥自由堆砌，来塑造
抽象的形体。在他的作品中，人物形体仅仅
只是一个作品造型的需要，而作品之中留下
的却是作者与陶土自然的对话，自由写意。
作品中部突出，强化局部特征，从整体而言，
突出的局部成了作品的点睛之笔，与周围的
极度写意相比显得异常精致。而另一组作品
《孤独者》则没有《惊蛰》中大幅度的夸张，
而是泥板成型的黑色的椅子或凳子，用泥点
组成的人体侧身萎缩地伏在上面，孤弱而无
助地深陷并融入其中，似乎这凳这椅是人物
唯一的依靠。最近，他的作品开始通体挂釉，

93.刘正《孤独者1》陶 110 ×
20 × 17cm 1220℃ 2001 年

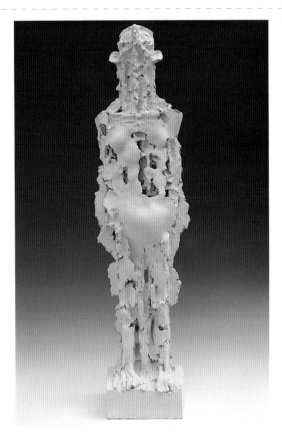

一改以往的素烧风格。作品显得更加耐看和细腻，缩短了观众欣赏作品
的距离。（图 93、94）

除了个人创作，刘正为主策划的"中国当代青年陶艺家作品双年
展"，迄今为止已经成功举办了三届，对中国现代陶艺的发展和推动都产
生了深远的影响。在中国现代陶艺的推进和个人作品创作中刘正都扮演着
重要的角色。

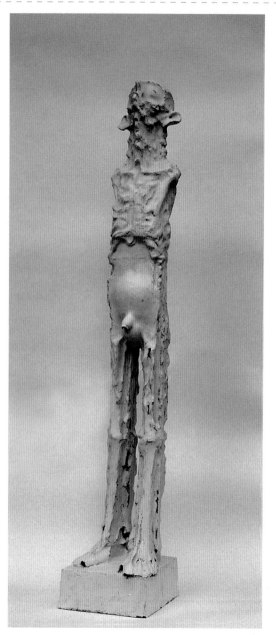

94. 刘正《孤独者2》陶 125 ×
25 × 22cm 1220℃ 2001 年

陆 斌

在当代陶艺家队伍中，陆斌属于埋头创作的那一类。他甚至放弃固定工作只身到深圳建立自己的陶艺工作室，过着极为俭朴的生活，只是因为对气候的不适应才调回南京。在现代陶艺的研究和实验性探索上，陆斌孜孜不倦地丰富和发展自己特有的形式语言。他的作品的主题和形式在阶段性的发展中不断演绎和变化，然而，从每一个阶段的作品中都能看出他对于现代陶艺技法的掌握

95.陆斌《活字系列Ⅱ》120×120×23cm 还原焰1160℃ 1998年

155

96.陆斌《看图识字》23×20×20cm/件 还原焰1180℃ 1999年

和对泥土属性的驾驭能力。可以说，陆斌对技法的掌握已经达到了随心所欲的程度，无论是泥板成型、注浆成型、印模成型还是将陶片与其它材料组合，他都能很好地控制材料的特性，在他的作品中几乎找不到材料上的缺陷。（图95）

在创作语言上，陆斌的作品很大程度上摆脱了传统陶艺固有的装饰性、工艺性、小品性的藩篱，表现出很强的理性。他将生活中常见的物品，如鱼、药煲等用陶土直观地加以表现，但又有着他自身的特色和思考。如在烧制《年年有余》时，他用纱布粘上化妆土包裹在鱼身上，使得鱼身带着锈迹斑斑的金属感，甚至让人联想到埃及的木乃伊，同时他又很巧妙地将红色釉料的"喜"字贴在这些素色的鱼身上，为它增加了传统喜庆的色彩。这是对传统意义上的"年年有余"的肯定，抑或是批判？我们不得而知，但通过他的作品，我们却可以读到他对于现实生活的个人阐释。（图96）

陆斌的《活字系列》将中国四大发明之一的活字印刷以及中国汉字

的结构形式加以艺术化。《活字系列》之三是堆砌的书卷，充分利用泥土的可塑性，表达了对于中国文化的重要承载物——文字的思考。这种符号是相当古典的，但是它一旦置放在当代条件下作为观照的对象，特别是经过了材料的转换以后，就在强烈的时间反差中将问题尖锐化了。作品提出了在当代背景下传统的人文精神存在合理性的问题，这是对我们文化根本性的一种追问，它体现了在当代条件下对于传统的追思、缅怀和敬意。《活字系列》之四用泥板卷曲成型，外形有点像蚕茧的茧壳，在成型的泥板上拓印出阳刻

97.陆斌《化石2000 Ⅲ》180×120×35cm 还原焰1160℃ 2000年

157

98.陆斌《化石 2000 Ⅳ》50×36
×25cm 还原焰 1200℃ 2000 年

的汉字，并将不同的颜色涂抹在作品的外表
上，展示时将这些各具个性的单件作品集合
在一起陈列，使人联想到现实生活中的某些
物品，但很难进行单一的阐释，让观众产生
多向度的思考。（图 97）

　　而他的作品《化石》系列似乎已经摆脱
了生活化的情结。他从出土文物和化石中得
到灵感，而将当代生活中的劳动工具以及与
人们生活息息相关的日常用品直接翻模印制
在作品中，提醒人们今天的生活必将成为明
天的历史。《都市》系列也带有沉重的历史
感。从总体上说，陆斌的陶艺打破了物象的

边界框架，形成不同内容的结合、不同门类的穿插、不同材料的组接。可以说，看他的作品总能让人感觉到一种纯正的专业品位。（图98）

周　武

纯造型决不意味着忽视制作技术。周武的拉坯技术在中国当代陶艺家中首屈一指，还经常在陶艺交流时进行拉坯表演。周武的早期作品有白柱、白碗、象牙塔等。这类作品都以瓷土进行拉坯，在拉坯过程中注意速

99.周武《象牙塔系列之一》陶
100 × 50 × 40cm/件　1280℃
1998年

100.周武《青龙泉》瓷 80×60×36cm 氧化焰1320℃ 2000年

度和力度，作品的外形带有明显的棱状，并将这种棱状加以强化和突出。而《青龙泉》系列则加入了工业设计的因素，在作品的上半部分仍然保存了拉坯时产生的手感痕迹，与作品下半部分庄重的直线形成了对比。作品由高低大小的几件组合而成，将龙泉窑的釉色充分展现在观众面前。周武一直在尝试将传统的材料和技术运用于当代陶艺创作，他的作品充分体现了传统龙泉窑的釉色魅力，有些陶艺家在看了他的作品之后也去龙泉遗址进行研究和创作。（图99）

　　周武的作品带有明显的阶段性痕迹。他

近年来另一组风格鲜明的作品是《炼金》系列。这一系列作品从碎石造型中得到灵感，作品外形取材于不规则的石材，在灰白的石块外表上施以局部的金色，使这种金色在对比中闪烁在观众眼前。这种超写实主义手法有技术和烧成的难度。但周武扎实的态度和严格要求作品的精神是值得肯定的。（图100）

从《炼金》系列衍生出了《壶》系列。他同样以砖块、石块等建筑材料造型做壶，在手柄和壶盖施以金色釉料，再现了建筑感和石材感，将人们在手中把玩的茶壶的造型力度提升到了建筑类的欣赏层面，使一件小小

101.周武《炼金》瓷 18×19×19cm 氧化焰1320℃ 2000年

的作品也融入时代与环境的气息。《炼金》和《壶》系列对天然石材的趣味盎然的表现，毫不掩饰对自然性的诉求和对人工雕饰趣味的拒斥。周武在扎实工作的同时，与刘正一道为中国现代陶艺的发展做了许多有益的工作。他参与和组织的"中国当代青年陶艺家作品双年展"办得有声有色。为中国现代陶艺的发展做出了自己的贡献。（图101、102）

沛雪立

毕业于景德镇陶瓷学院的沛雪立是白磊的同学。在现代陶艺创作中，他经历了长时间的思考、沉淀过程。近四年来，沛雪立在创作中取得了不小的成就。他的作品大都采用江西极为普通的红粘土，在成型过程中，工具及手对粘土的施压瞬间所形成的特殊美感总是被他有效地保留下来，并成为他作品的语言主体。沉稳的土红色及多铁质的外表为作品注入了坚硬和温暖，作品语言单纯，

103.沛雪立《热土之一》陶 60 × 43 × 5cm 1120℃ 1999 年

104.沛雪立《热土之二》陶 63 × 18 × 8.9cm 1120℃ 1999年

符号明确。他在参加广东美术馆的"演绎泥性"作品展时，梁明诚对他以极薄的泥板成型的作品产生了浓厚的兴趣。他参展的《热土》、《熟土》表现出了对自然物象、物质的亲和情感，和对商业化机械复制图像的远离逃避，并在其中融入了一些符号印记，似乎有意唤起人们关于时间本质与生命本质的哲理思考。在广东美术馆展览获得成功之后，沛雪立继续保持了良好的创作心态，用类似的符号语言完成了一系列作品，并在他2000年调入苏州工艺美术学校之后的首次个人作品展中展出了这些作品。（图103）

沛雪立在创作中善于思考。他的作品随意而又有着强烈的理性，这从《秩序之城》、《热土》到《幸者》、《柱窗柱》中可以清晰地

105.沛雪立《作品Ⅲ》红陶土、白土、铁 26 × 20 × 6cm 1120℃ 2000 年

106.沛雪立《南窗》红陶土、黄釉
45 × 30 × 3cm 1120℃ 2000 年

看出来。这批作品并无高超的技巧和复杂的烧成工艺，材质和泥料也极为普通，但却分明传达着一种只属于粘土和煅烧特有的美感，质朴、温暖、亲切，且极富浸透力。相比之下，我更为欣赏他最近的《柱窗柱》系列，作品表面微妙的起伏，洞穴和空透效果的控制，几根不易察觉的线条及边缘的处理，色泽的变化等，既随意又讲究。作品上方的几个方孔是最为精彩的地方，其泥性的表现力和美感让人心动。这是只属于陶艺的语言，是别类艺术所无法替代的，它让观者能从已烧结的作品中体会到作者创作过程中

对粘土感知时的快感和激情。（图 104）

　　将沛雪立这几年的作品作一个比较，人们会发现一个共同的特征，那就是作品外形的相对完整性、色彩的相对单纯性、表面肌理的相对一致性。正是这种"整体"性语言不断地强化着对人们视觉的冲击。他的作品看似抽象，却很容易唤起我们经验中的概念与之呼应：如建筑物、城墙、地层地貌、山崖断壁，而这种联想又是一种互动、游离和不定的。人力的意志、自然的意志在时间的作用下变得模糊，或许这正是沛雪立在他作品中想要表达的主题。（图 105、106）

孟庆祝

　　孟庆祝则选择了壶作为与泥进行对话的媒介。与其它传统器皿（如碗、碟等）相比，壶在造型上多了别致的易认性，故诸多的陶艺家不约而同地选择了壶作为创作题材。与他们相比，孟庆祝的贡献在于他将自己的泥感融入到壶的创作中，淡化了壶的功能，真正着意的还是泥在成型中的随意性与釉色在烧成时丰富窑变效果。在他看来，《壶神系列》的理念首先是借助对壶身、壶嘴、壶柄的分解，重构出独特的"壶"的造型形式，表现不安分的萌动情绪和对生长的渴望；其次，通过斑驳的装饰风格所呈现的层层剥落状态，表述对"本原"的关照和对"至真"的追求；再次，不在乎是否继承传统，是否与西方陶艺接轨，以及风格流派的归属，而在乎当代文化情境中，获得与人们内心的共振；最后是用极个性化生动的审美图式，表达向上的精神和对至真情怀的召唤。（图 107）

　　孟庆祝所采用的成型手段多是手工直接空心造型，在盘筑或围卷过程中，他并不刻意地使其完整规矩，而是随意造型，到了一定程度时才

107.孟庆祝《壶神之一》陶 50×40×12cm 1280℃ 1996年

考虑如何充分利用这种自然的美感，加上壶嘴壶把，然后在泥坯上进行即兴自由的刮、刻、涂釉、抹釉、涂泥浆，釉色互相熔融流淌，被刮掉的地方露出白色的瓷坯，涂上的泥浆在釉流动时被撑裂，形成自然丰富的有如泥沼、岩石、沙漠、河流一般的效果。他"巧妙利用釉料与泥料收缩系数的差异来造成釉面丰富多变的剥落、敛缩、裂隙和透露效果，加上因势利导、不失法度的即兴刻画装饰，使釉色胎质、纹理痕迹与空间性构建的默契以及彼此审美效应的相互激发达到尽可能充分的程度。无论在技术上还是在艺术上，这都是一种探险，一种对材质机理乃至既定样式表现潜力的挑战。"[8]（图108）

108.孟庆祝《壶神之二》陶 110
× 80 × 50cm 1280℃ 1998年

169

109.孟庆祝《万福墙》制作现场

　　除了《壶神》系列，孟庆祝近年还创作了一幅大型陶壁《万福墙》，这是一幅颇具商业气息的装饰性陶壁，将中国民俗中多见的"福"字用几百种不同的字体刻在壁上，在某种程度上也迎合了百姓的审美需求。但无论是纯艺术的还是带有商业性的作品，泥感都是孟庆祝追求的重点。从某种意义上讲，《万福墙》的设计使他在创作《壶神》之余寻找了一条拓展思绪的途径，避免长期从事同一主题创作而陷入单调重复之中。（图109）

夏德武

夏德武曾迷恋过油画，但陶艺显然更充分地表现出他对"人"的概念的理解。夏德武早期曾做过一批命名为《人形系列……生与死》的陶艺作品。这些作品将人概念化，头胸凹刻镂空在棱角分明的方形上，用黑白与中空投影来表达他对工业化社会中人性淡漠的批判。其后，夏德武运用乐烧手法制作了《头像》系列，反映了他在陶艺语言的掌握上日臻成熟。如果说夏德武早期的作品还有愤世嫉俗的意味，那么这些取名为《日》《月》《山》《阴》《阳》《宙》的"头像"洋溢的就是人对自然

110. 夏德武《神符》陶 30×24
×24cm 乐烧1150℃ 920℃
1998年

111.夏德武《咒语》陶 32 × 24 × 24cm 乐烧 1150℃ 920℃ 1998 年

的体悟。他用"头像"这一最直白的形式来表达个人的思考。(图 110)

有过国外艺术经历的夏德武被西方人"快乐的烧成"即"乐烧"所吸引,作为一个东方人,他将这种烧成方式带来的浑然一体的色彩融入自己对传统因素的理解中。这种色彩变化背景下的简洁形体充满了表述性的思考。在具体的加工创作手法上,夏德武进行了大量的挖空、点色、敲碎、拼接,再涂釉、浇釉、喷釉、加上星相、针灸图的点线描绘。这些符号蕴含的寓意极为丰富,将东方的神秘、内敛与西方的感性、热情融为一体,这种似曾相识又具现代感的形式和色彩正是作者要表达的最大的感悟。有人说"折衷主义"是夏德武的为人之道,而这也恰恰是他作品流露的文化背景所在。(图 111)

陈光辉

陈光辉与夏德武一样有国外经历,但两人的作品却有明显的区别。陈光辉的作品带有强烈的装置感。陈光辉 1999 年毕业于美国 ALFRED 大学陶瓷学院并获硕士学位,回国后在上海大学任教。从学生时代开始,陈光辉就对新观念艺术产生了强烈的兴趣,曾参与拍摄过 Video 影像作品。在留学生涯中,他找到了自己对陶土材质的感觉和表达的语言,"有时,我真感觉我们正处在小时候听到的一个寓言故事中,即盲人摸象。每个人都有一个狭窄的、非常具体的和真实的点,但作为一个艺术家,事实上,不可抗拒地处于一种无法摆脱的东西方之间,这种摇摆本身就产生了一种非常有意思的视点,我觉得我是站在这种摇摆着的前后左右的十字路口。"⑨(图 112)

《椅》是陈光辉较有代表性的一组装置性陶艺作品。这组作品在制作手法上受到了日本加藤清之的影响,大多用泥板成型,在泥坯上压、

112.陈光辉《椅子98-2》陶 130×70×61cm 1200℃ 1998 年

超越泥性

113.陈光辉《椅子98-6》陶 180
× 90 × 80cm 1200℃ 1998 年

戳、撕、刮、点、划、粘造成精、细、凸、凹、残、空、透等形态，保
留了泥土的粗细感。他把加藤清之做古墙的感觉运用到椅子上，使椅子
的材质看起来更像被蚀刻了的木与石，残留的框架，挣脱出来的真铁
丝，以及铺在椅座椅背上的天书，都构筑了一个迷幻的情景。这组作品
通过结构与色彩的有机结合，增强了张扬的力量。泥和釉是非常敏感的
材料，它们在提供了很大可能的同时也提供了很多的不确定感，泥的分
量感、弹性和它的无限，这种处于自然和文明之间的牵扯让作者神迷。
陈光辉借助《椅》的题材来表达对时间流失、轮流坐庄的生命过程的感

114.陈光辉《椅子98-12》陶 85×60×60cm 1200℃ 1998年

慨，历史最后只剩下透着腐锈的伤痕累累的《椅》而已。(图113、114)

陈光辉在尝试制作《椅》系列时，更多的是出于一种文化的好奇。椅子本身就是一种文化印记，并有着某种敬仰定位或者说审判感，但随着创作的深入，尤其在作品完成后，椅子就具备了独立性。它端放在那个地方，形成了一种无法言喻的、超现实的感觉。椅子本身又像是观察者，带着一种潜在的判断感吃惊地看着观者。

《书》系列与《椅》系列是同一思维下进行的作品。在这组作品中，陈光辉追求书、纸张被翻烂残缺的感觉。而在杭州第二届"中国现代青年陶艺家作品双年展"上，他参展的一件中国地图的陶壁作品集他惯用的色彩、肌理和拼接手法于一体，具有一种张扬的强烈的造型和釉色的视觉冲击力。

张温帙

和许多现代陶艺家一样，张温帙也尝试过用多种艺术形式进行创作。在佛山时，她的艺术实践是以"小草画屋"群体画会的形象出现的，那时她主要创作极其女性化的装饰性绘画。其后张温帙从事纤维材料的研究，并参加过好几次"国际纤维艺术研讨会"和国际现代纤维艺术展，后来又制作漆画作品，最后驻足在陶土上而一发不可收。

张温帙的陶艺作品尺寸较大，这是她的创作特征之一。陶艺一直以来是以精巧、釉色变化等来吸引观众，而张温帙仅仅以陶土为媒材进行她个人符号需要的造型创作。她最大的作品有2.4米高，作品注重外形线条和环境效果。其作品的另一特征是在一种主题之下演绎多件作品，作品与作品间有趋同又各异。一件作品烧成后，她会反复观赏，再找灵感，并进行一次再创作。此外，她认为只有将作品放置到适当的位置，

115.张温帙《神的使者》陶 66
× 30 × 47cm 氧化焰1230℃
1998年

才能体现出作品的特别之处，比如《哭泣的鸟》、《大地之生灵》等，就是将作品放置到广场、建筑和郊外自然之中。(图115、116)

　　张温帙的《栖居》系列，在作品中采用不同颜色的灯光衬布等，将现代广告中对作品的处理手法用于自己的作品效果追求上。如果作品需要，她会辅以毛线、和平鸽、衬布等，从中流露出女性特有的情趣和心怀。移居美国之后，张温帙的视野更加开阔了，近年来，她正以饱满的激情，为将陶都佛山一步步推向国际陶艺旅游之城而努力奔波。

116.张温帙《栖居7号》陶 56×51×42cm 氧化焰1230℃ 1997年

张晓莉

如果从专业背景看，张晓莉似乎更应该成为一名雕塑家。她1978年毕业于湖北美术学院雕塑专业，并留校从事陶艺教学。张晓莉说自己与立体的东西有缘，起初她尝试用各种材料进行雕刻，包括玉雕、石雕、铸造、锻造、木雕、水泥、树脂等，因为一次偶然的机会，一件古代陶瓷作品中那些能体现做陶人思维轨迹的小泥点、小纹理引起了她的注意，诱导她开始了陶艺创作。张晓莉在创作中直接推、挤、捏、压，调动所有激情，手握泥土，刮痕、裂纹、扭曲、流淌，一气呵成，干净利落，激活了想象，激活了创作思维，泥在手中自然成形。她的作品具象而写意，从中可以看出她极为关注自己的内心生活。她的《疯狂的钢琴》极尽泥的质性与作者的感情，东倒西歪快要散架的钢琴木板，时不时冒出的钢丝螺线，已被翻烂的乐谱，依旧在跃动歌唱的琴键似乎已经声嘶力竭，人们可以看到它旧日的成就，也可以看到它疯狂地力挽今日的辉煌。(图117)

张晓莉的作品明显地分为两个系列：第一系列是她以萨克斯为题材进行的创作，包括《冰冻的萨克斯》和《受伤的萨克斯》；而她的第二系列作品以刷子为主题，包括《疲惫的刷子》、《无奈的刷子》等，并延伸出一系列作品造型。(图118、119)

在《萨克斯》系列中，她将体现工业设计特色的金属乐器用陶土再现，在她的作品中，萨克斯要么被扭曲，要么被捆绑，要么被流变。她借此阐明自己对现实生活中人文情感冷漠的伤感。她说"自己都无法感动，如何去感动他人？"所以，在怜悯受伤的萨克斯同时，她也抓住了观者的神经。在《刷子》系列中，她借此再现自己日复一日、年复一年

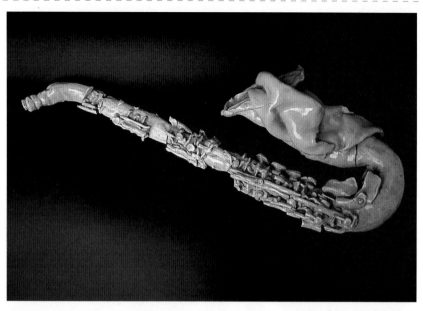

118.张晓莉《冰冻的萨克斯》陶
60×20×10cm 1230℃ 1997年

的无奈的生活方式。在她看来，每天不断重
复梳头的刷子一定会像人一样充满疲惫，便
有了《疲惫的刷子》。这种物象被赋予了生
命，像在无奈，想要逃遁，于是有了《无奈
的刷子》和《想飞的刷子》。而《流畅的刷子》
选用书写标语用的刷子实物翻模而成，将这
种刷子与写意的泥块组合，使刷子在书写过
程中的力度与走势毫无保留地呈现在观众面
前。这些作品随意而敏感，脆弱而精致。她
用一种充满爱与关切的目光看待身边的常
物，她看着刷子，感受到它的疲惫，也可以
感受到自己潜意识中的无奈，同样的，刷子
也代表了欢快流畅的愉悦。这让人想起托尔

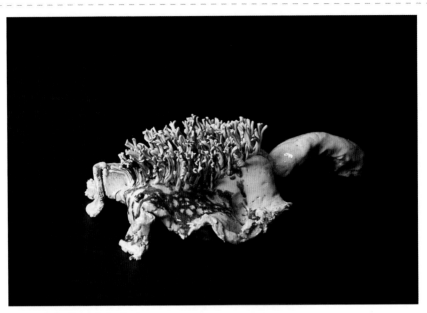

119.张晓莉《想飞的刷子》陶
35×20×15cm 1230℃ 1998年

斯泰的名言:"天空没有留下翅膀的痕
迹,而鸟已经飞过。"

李燕蓉

　　和张晓莉相似,李燕蓉的作品也运用了
大量的雕塑语言。可以说,李燕蓉基本是在
用雕塑的思维方式,以陶土为媒材进行创
作。事实上,她参加的也主要是雕塑作品展。
她创作了一系列女性造型,表情平和、安静,
透出女性特有的宁静与安详。在创作中,她
将泥板、泥条与局部塑造相结合,大部分没

120.李燕蓉《绿茵》陶 62×40×40cm 1350℃ 1997年

超越泥性

有施釉而是素烧，呈现出陶土的本色。她创作的一批民国时期的女子形象，表现出怀旧的情绪。她们诗意而感伤，也许正是她们的诗意与感伤触发了作者内心某个柔软的角落，触发了她创作欲望。（图120）

许　群

　　许群一直从事同一主题的系列作品创作，而在作品中看不出固定模式的痕迹。近年来，许群创作了一批以"冰花"为题材的作品。它们的造型和展示方式各有不同。立体类的冰花用层层叠叠的蜂窝状泥片一层层

121.许群《冰花之一》陶 60×60×40cm 还原焰1300℃ 1996年

122.许群《冰花之二》陶 300
×8×8cm/件 1300℃ 2000年

由里到外进行造型，几乎不用釉色，呈现出
瓷泥单纯的美感。撒落在地板上的冰花犹如
花瓣撒满大地，透出女姓陶艺家特有的温
情。穿线的冰花已经由早期的青白色转换成
了灰褐色，这类作品在组合中可以随着展厅
的高度而延伸，而且作品一条条从展厅上部
垂落到地上，观看她的作品，犹如进入冰花

的森林。今天，如何占用空间、立体展示自己的作品是许多当代陶艺家正在思考的问题。而在许群的作品中，铁线、展厅、地板、背景、灯光都已经被纳入了整体的思考。《冰花》通过对有机物生命的赞美来表达作者热爱生命的情感，而与此相适应的一个突出精神指向是对现代生活的无意义行为和无目的忙碌的反省。然而，不论展示方式如何，"冰花"这一主题一直有些固执地延续着。在选定某个造型语言的同时，也意味着艺术家自身被这件造型语言所选择。（图121、122）

黄焕义

而黄焕义试图将传统青花结合到陶艺创作中，很生硬地将青花残片与陶艺作品组合在一起。不管是《梦》、《古人山水》还是《三个可乐瓶》，都是先用瓷土随意成型或模具成型，然后将青花瓷片镶嵌其中，或是直

123.黄焕义《古人山水之一》陶
13×12×11cm 氧化焰1150℃
1998年

187

接在作品表面某处强化青花的风格,使人直观感受到传统青花在现代陶艺中的状态。这种直接的结合并不是艺术的必然结果,作者正是试图通过这种结合,阐明他对青花乃至传统面临的尴尬局面的认识,提出了传统因素如何融入当代生活的主题。(图123)

姜 波

不少专业陶艺家很早从事陶艺创作,在不断的探索中终于找到了自己独特的艺术道路。1984年毕业于景德镇陶瓷学院的姜波便是其中一位。他在80年代末就开始了现代陶艺探索。姜波极其敏感地意识到现代陶艺只有从材料、造型到艺术语言都进行彻底的开拓,才能焕发出新的生机。在他的早期作品中,就可以看出他的这种创作意识。周国桢在谈到姜波时曾说:

"姜波的作品始终有一种新锐的目光,很少有疲惫之态,而且在中国陶艺中具有举足轻重的位置,与他能在一个较高层面上不断推进的思想并时时提出问题的精神,有其必然联系。而且能够如此客观而理性地思考自己的时代、现实和文化,也就是最具有'前卫'精神的艺术家了。"⑩

姜波在20世纪80年代创作的作品中已经有突破传统陶艺创作观念的不安与躁动。他在作品造型上进行了大胆的穿插、夸张、组合,在制作手法、材质、工艺和构成方式上不拘常法,运用胎质、陶釉进行直率的表达,使作品生涩深厚。这种方式一直贯穿着他的陶艺创作历程,并在不断的探索中进一步深化。他1998年创作的《不可图解的系列》在人的骸骨和遗物中思考着生命和人性的本质,而1999年创作的《网络时代》则透露出他对当下生活的敏感和高涨的创作欲望。(图124)

近年来,姜波的作品风格比较一致,几乎都是借助支撑物卷捏架构泥片而成，其结构特征让人直观感觉到工业文明的发展和由此带来的种种问题，如《都市》系列、《铸造概念》系列和《来自某电器的构成》等。这些作品形式语言和制作手法相近，但作者却给他们冠以不同的标题，这种给作品生硬套题的方式成功地引起观众的注意。如果不看题目而仅仅着眼于作品的话，可以说，不同作品中想要表现的后工业

124.姜波《网络时代·第四号》
陶 50×60cm 氧化焰1200℃
1999年

125.姜波《木件包装系列之四》
瓷 120×50×30cm 还原焰
1200℃ 1996年

文明时代的感觉是相当一致的。这些作品中
表现的生活垃圾、废旧金属、白骨骷髅等给
观众以视觉上的刺激，但是在杂乱中却很难
给人以回味的美感。当然，姜波也无意给人
们这种美感。他的观察和表现力求逼真，并
着重表现工业文明带来的杂乱甚至颓废，作
品也因此具有了鲜明的特色。（图125）

190

注：

① 见《美术文献·中国现代陶艺专辑》，湖北美术出版社，1997 年

② 见广东美术馆编《感受泥性》，辽宁美术出版社，1997 年

③ 见《新潮艺术家——池社》，《中国美术报》1987 年第 45 期

④ 见杨永善《追求自然》，《江苏画刊》1999 年第 12 期

⑤ 见迪欣《纯化陶艺语言的探索——吕品昌陶艺新作评析》，《装饰》1991 年第 4 期

⑥ 见白磊《制陶随感》，《美术文献》总第 22 期

⑦ 见沛雪立《见树亦见林——罗小平陶艺析读》，《江苏画刊》1999 年第 9 期

⑧ 见吕品田《走近壶神》，《江苏画刊》1998 年第 4 期

⑨ 摘自陈光辉与作者的通信，2001 年 12 月

⑩ 见《姜波作品集》，广西美术出版社，2000 年

第二节　　以陶为轴的艺术家

对成熟的艺术家来说，各种艺术手段都是相通的。在现代陶艺创作中，不少思维活跃的艺术家同时还从事绘画、装置等艺术创作，并将其表现手法融入陶艺创作中，使得陶艺作品的表现力和内涵得以极大丰富。此外，他们还从事展览策划、出版著作，全力推动中国现代陶艺的发展。在他们的艺术活动中，个人的陶艺创作是极为重要的，但决不是唯一的。左正尧、白明是这类艺术家的代表。

左正尧

毕业于广州美术学院的左正尧于 1985 年到华中师范大学任教。这一时期，左正尧的作品受到了当时国内哲学热潮的影响。大学校园的浓厚学术氛围，20 世纪哲学译丛的出版，'85 新美术思潮兴起，凡此种种都对他当时的作品产生了影响，使之带有哲理性和观念性的痕迹。如《生苹果·熟苹果——庄子·老子·妻子》将今天的环境和传统人物在一个画面中构成，从中显示出时间和位置的轮回；《回归》则是一男一女站在水中的背影，反映了作者对人"从哪里来，到哪里去"的思考。《中国现代美术史》、《中国当代美术史》、《美术》杂志封面、《江苏画刊》、《画家》等著作和专业刊物介绍了这批作品。

1988年，左正尧应邀参加了"黄山现代艺术研讨会"、"中国现代艺术大展"等一系列展览，并准备于1989年在中国美术馆举行材料艺术展。展览涉及架上绘画、金属媒材、纸材和陶艺。左正尧曾就此次展览的整体构思与当时任《美术》杂志编辑的王小箭进行了长时间的探讨。"《家》是左正尧制定的庞大的形态系列研究的一部分，系列的目的是对宇宙、地球、植物、动物、人及其创造物的产生原因、相互关系进行一番形态学的分析思考，并通过给人以"安乐椅"般快感的

126.左正尧《漂移》纸本彩墨
120×90cm 1998年

艺术形式表述出来。"① 按照最初的构想，"陶艺只是一项综合艺术创作的组成部分，这项综合创作将包括绘画与雕刻、软件与硬件，以及类似于现代设计的观念艺术品，从而寓示现代文化背景上矛盾复杂、选择困难的心理景观。"②

为了此次展览，左正尧专门制作了一批陶艺作品，包括《家谱》系列、《家规》系列等。时任广州画院院长的陈永锵为此次展览提供了极大的支持。此次展览最后确定在广州雕塑院举行。展览引入装置艺术的手法和观念，打破了传统的布展格局。

左正尧以现代艺术的思路涉足陶艺领域，也许正是这样，反而使他在创作手法和理念上不太容易受到传统束缚。他采用了钻孔、对接、拉坯改装等手法，在坯件上进行即兴制作。对于他的第一批陶艺作品，郎绍君是这样评价的：

"这批红陶作品的随意性与朴素性，有别于近几年的某些追求神秘效果的现代陶艺。我不大喜欢那种故作玄密状的东西，因为做出来的神秘不是真神秘，现代人不可能真正返回原始时代，不可能真获得原始宗教情感。原始艺术对现代人的魅力，在于它们的质朴、粗犷和新手法的和谐性可以弥补现代心灵的渴求。我们面对金属文明、电子文明，五光十色的新材料层出不穷，金属和玻璃的闪光神奇高贵而令人难以接近，使人远离了泥土的亲切和芳香。人都有一种深深的泥土情结，只有这种情结才能唤起他对大地母亲的挚爱。现代人重新喜爱质朴的陶艺，根源于此。因之，陶艺的单纯、质朴、亲切，比故作艰深、玄溟和怪异更可珍视。"③（图126）

1991年到广州工作后，左正尧的作品从哲理走向了观念。1991年创作的中国画《对称系列》采用一正一反的方式构成画面，用工笔重彩的渲染方式去完成，希望作品能够具备版画的力度，油画的色彩，雕塑的空间感和中国画的技法。而在陶艺创作方面，左正尧于1992年去了佛

127.左正尧《走过一圈才知道》陶 59×18×42cm 1230℃ 1996年

超越泥性

128.左正尧《流水账》陶 68×28×18cm/件 1230℃ 1999年

山，以"鱼"为主题创作了200多件陶盘作品"扁月亮系列"。对于这批作品，孙振华评价道："空洞、绳索连接，巧妙的凹凸处理所产生的镶嵌感，用不规则的边缘线和有意味的残缺构成，对几千年一贯制器皿意识的破坏，还有那种在可遇不可求的窑变中所产生的神秘的色彩效果都决定了左正尧作品所独有的魅力和价值。"陈永锵认为："对于陶艺来说，创作过程如同恋爱过程中男人与女人之间的微妙关系，那是因为彼此之间的内在向往和感受都在冥冥中难以言表，更难以把

超越泥性

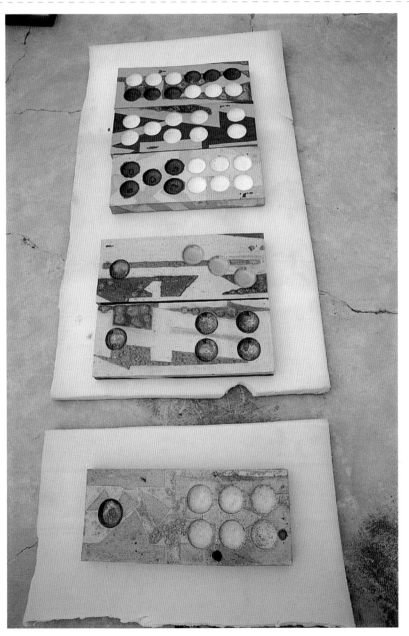

130.左正尧《天九地八》系列之二　陶　50×20×4cm/片　1240℃　2002年

超越泥性

握。任何刻意强求都会变得毫无意义。左正尧正是将这种向往投向了泥土，烧陶是他人生的一种心灵升华。"而在进入陶艺创作领域后，左正尧深感"平面作品很难承受一个艺术家的全部激情，那种假设虚构的情境，不能引起心灵深处真正的颤动，人对泥土的特殊情感以及泥土天生的'灵'性：它对最轻微的触及都会产生反应，对想象力和情感难以捉摸的微妙变化都能留下印记，在1300°高温煅烧后的那份凝重、质朴和通透的泥土质感，使你的心境更加净化，让你整个身心变成一条龙窑，去燃烧形而下及形而上的物质与精神。"④

从90年代开始，左正尧的陶艺作品渐渐趋向装置。1997年之后，他的《走过一圈才知道》、《衣、食、住、行》以及后来的《流水账》系列、《骨牌》系列都明显带有装置性，将社会与生活的思考揉入了作品的创作中。(图127)

"左正尧的作品体现了对文明史的浪漫联想，他通过生命的裂变暗示了生命的生生不息，如果与他的《衣、食、住、行》联系起来看，则是对一种特定文化的演进过程的反思。"⑤"左正尧在平淡人生的衣、食、住、行中发现了闪光的东西，在微不足道的琐碎生活中发现了可以浓墨重彩的内容"⑥。而《流水账》则是对于日常生活中的方方面面的账单的人与票据的记载进行思考，将一段时间内的社会发展与个人的生存状态用中国传统的记账形式加以表现，将特定的社会现象提升到了艺术作品的创作中。这些作品的第一部分直接将票据实物、证件等贴在美国牛皮纸上，装订成册，将这些生活化的实物收集整理，给人以视觉上的冲击。在展览会上，观众反映相当热烈。在意见本中，有观众写道："许多平凡的东西，放在一起就成了不平凡，看起来虽然是'不过如此'，但并非人人可以想到，我为中国艺术家创作思维的突破而感到震撼。"(图128)

实物的《流水账》衍生了陶艺作品《流水账》。采用中国人熟悉的帐簿形式将作品强化表现，衍生为十几件不同样式的组合。由此也可以看出当代陶艺与其他当代艺术样式的共生关系。现成材料作品《流水账》阐释了现代生命流水账般的忙碌、紧张、欲望冲动与无聊无奈，而陶艺作品《流水账》则以其具有普遍性和熟悉感的形象，巨大的尺寸和数量的重复获得了超越现成品材料原作的模糊性内涵。"娴熟的个性化技巧在泥土上留下的包括最轻微的触及在内的印痕，既是泥性的演绎，又是观念的表达。"⑦（图129）

而最近创作的《骨牌》系列表明了他对东方文化的数理、博彩进入人们生活时产生的特殊状态的思考。骨牌的组合名称，比如天九、地八、斧头等等，也是他感兴趣的。在他看来，这种数理的组合也许暗示着人生的机缘。早在华中师范大学任教的时候，他就经常和数学系、物理系的老师一起探讨拓扑学、流体力学问题。这些带有思辩色彩的科学知识启发了左正尧的艺术创作，使其作品具备了更多的力度和科学的智慧。在这一系列的作品中，作者强化了中国汉字的符号化，在每一件作品中都能看到中国汉字的痕迹，带有明显的中国文化情结。（图130）

除了进行艺术创作，左正尧还策划了"第16届亚洲国际艺术展"、"印记与当代——今日中国当代陶艺展"等一系列大型展览。完成这些工作需要出色的分析和决断能力，必须时时刻刻保持清醒的头脑，这也是一个艺术家所必需的。在做陶、画画以及策展之间转换，使得左正尧在完成某一件单一作品时有了足够宽厚的积累。

白 明

中国现代陶艺近年的发展和现代陶艺家们的勤奋劳作有着密切的关系，现任教于清华大学美术学院陶瓷系的白明就是其中的一位。白明是一位对各种材料都能驾驭的艺术家。他的作品可分为两类：一为绘画，包括架上和多种材料；二为陶艺，又可分为器皿类和纯造型类。早在1993年，他的作品《畾》就获得了"'93博雅油画大赛"大奖，然而他并没有局限于架上绘画材料，而是很清醒地将自己定位在当代复合型艺术家的位置上。今天，我们很难想象一个仅仅熟悉单一材料创作的艺术家能适应于突飞猛进的社会。文化艺术的发展给当代艺术家们的创作提出了现实的挑战，白明很好地回应了这一挑战。(图131)

131.白明《物语·沉默的容量》
布面油彩 65×50cm 1998年

132.白明《心有所感之十六》陶
板画 15×15cm 1300℃ 2000年

　　白明将油画中对颜色、肌理以及画面构成的艺术手段很自然地揉合
到了他的陶艺创作中。如《大汉考》就是他的架上绘画在陶艺作品的转
化，仅仅是材料不同，而符号的把握和作品的整体效果都有极其相似之
处。他对自己的语言符号的表达过程是自由、随意的绘画性的，而非工
艺性的和制作性的。他绘制的《心有所感》和《结构与形式》等一系列
陶板画作品流露出特有的抽象思维的平面表达方式，加上他能够很熟练
地把握瓷器的造型、釉色和烧成，使得他这一时期的作品透出独有的魅
力。(图132)

　　白明的作品风格、人格魅力、理论水平、艺术行为都显示了一个有
影响的学者的整体艺术素养。他的青花和器皿类作品显示了他对传统技
术的娴熟把握和对材料的重新利用；工厂内的产品模型被他随意切割、
拉裂和挤压，在感性的动作中产生灵感，在灵感的牵引下对陶土施以不
同的釉色，即使是极传统的造型，也被赋予了当代的观念和形式。"制
陶对他而言，是个纯文化的叙述过程，他以制陶这一艺术行为、艺术方

133.白明《参禅之一》瓷 16 × 12 × 9cm/ 件 1300℃ 2000 年

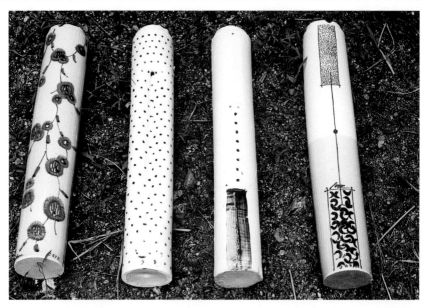

134.白明《器——形成与过程》瓷
60×11cm/件 1300℃ 2002年

式来立求打通高雅文化与大众文化之间、艺术形式与社会其他形式之间的界限，以求得一种不着痕迹的文化融合的关系。"

　　白明的《大成若缺》"先将瓷土利用传统的拉坯技术拉成一个大盘，在粘土较湿润的时候，用施压的方式，利用不同的模具，形成深凹和起伏的方点、圆点，再加上粗坯粉和色剂的处理，使瓷土本身形成质感和色彩的低度反差。最后用细金属丝在瓷土中刻线，这种刻的感觉让我觉得非常脆弱和敏感。因为你细细刻下去的线在湿润的泥土中，外表上看并不清晰，只是在它慢慢收缩干燥的过程中才显露出来，像人的一种生存

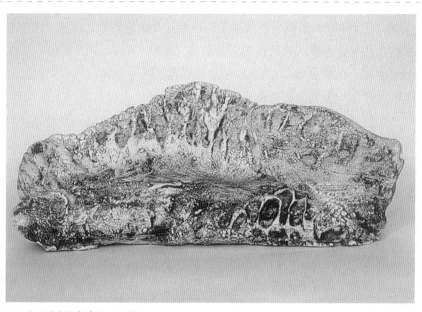

135.白明《古城窑系列·无声》
33×21cm 1300℃ 1998年

状态。"⑧

　　《参禅》系列是白明最有代表性的现代陶艺作品。他将瓷土揉合、卷曲,并刻线、钻孔,使这种极具抽象力量的点、线、面和瓷土有机结合在一起。素坯加线条并不是他最终需要的效果,他会站在远处观察,之后再施以粗细不同的瓷土和泥层、高温青釉及青花和铁的局部装饰,加上少许的釉色,使作品更加细腻、润泽和耐看。在这种远距离的观察之中,白明隐约看到了一个禅师的背影,那种同时具有的外张力和内敛力深深地震撼了他。在他看来,顿悟和渐悟都是人生智慧的闪现,他由此给这组作品直接命名为

205

《参禅》。而禅师头顶的戒疤被抽象表现为作品中的圆点。这些源自传统材质和具有秩序感的象征性的符号语言，温和、宽厚、从容的瓷质品性大大延伸了作品主题。这件作品在"演绎泥性——中国当代青年陶艺家学术邀请展"中获得了金奖。(图133)

在白明看来，单一创作并不是人生的终极目标。他用了大量的时间用于推动现代陶艺的发展，并利用业余时间著书立说。迄今为止，他已经编辑和出版了《世界陶艺概览》、《外国当代陶艺经典》、《世界陶艺图鉴》、《景德镇传统制瓷工艺》，并主编了《国内著名艺术设计工作室创意报告》丛书。此外，他还长时间主持《江苏画刊》的《现代陶艺》专栏和"中国陶艺网"及《北京日报》"白明品陶"栏目。对于中国现代陶艺事业发展现状，白明有着充满忧患的思考。可以说，白明将自己的全部身心都投入了现代陶艺事业，这在国内艺术家中是非常难得的。正因为有像白明这样有激情、有思想、也有能力的艺术家的参与，才有了今日中国现代陶艺融入世界陶艺的良好局面。(图134、135)

注：

①见王小箭《非是逻辑·形态学本体论·精神安乐椅——释左正尧和罗莹的＜家＞》,《江苏画刊》1990 年第 1 期

②郎绍君《向大地母亲回归》,见《左正尧现代陶艺》,1989 年

③郎绍君《向大地母亲回归》,见《左正尧现代陶艺》,1989 年

④见左正尧《烧陶日记》,《感受泥性》,广东美术馆,1997 年

⑤见易英《走向纯艺术之路》,《超越泥性》,广东美术馆,1999 年

⑥见贾方舟《中国当代艺术格局中的现代陶艺》,《美术文献》总第 22 期

⑦见皮道坚《拓展眼界的当代陶艺》,《演绎泥性》,广东美术馆,2000 年

⑧见罗一平《文化决定状态——谈白明的陶艺创作》,《江苏画刊》2001 年第 10 期

⑨见《白明自述》,《美术文献》总第 22 期

第三节　　偶尔以陶瓷媒材进行创作的艺术家

在做陶的队伍中,还有一些艺术家平时主要从事其他艺术门类的创作,只是偶尔采用陶土作为媒材进行创作。他们的创作有较大的偶然性和随意性,因而也更少受到传统陶瓷规范的束缚,显得更富于活力。原中央工艺美术学院的祝大年。就将工笔国画运用到陶壁创作上,改变人们对陶壁作品风格单一认定的模式。这类作品很大程度上普及了陶瓷艺术在人们心目中的固有定位,使人们认识到陶瓷艺术也是主要的壁画形式之一。

尹光中

20世纪80年代中期,时风骤增思辨气息和社会责任感,对工业社会的不满情绪和批判意识渐强,表达艺术家的思想理念和反省意识的艺术品大量出现。1945年出生于贵阳的尹光中较早就开始了现代陶艺的创作实践。尹光中的作品《四不像》,组合了绵羊角、猪鼻、山羊须,用工具在未干的作品中印下符号,随手刻出装饰线条。作品主要用素烧,采用不均的烧成温度,使作品留下了煅烧后的火焰痕迹。作品表面薄施少许氧化铁,制作手法粗犷,具有力度的美感[1]。而在《百家性》中,陶的物理感觉被刻意淡化。尹光中从阴阳、易经、八卦中找到创作的灵感,尝试用现代人的观念去解释人性的本质关系，从精神上入手，强调精神的意义，克服人对生理的需要，从精神上升华人对性的意识。在《百家性》中，尹光中用100件人物脸谱打破历史上关于肖像的旧有观念。他认为历史变了，人的精神面貌也变了，人应该不分人种，同样关注人性的问题。

思想活跃的艺术家往往不会局限于同一媒材的创作，尹光中试图突破材料的局限，甚至尝试着用不同的材料参加不同形式的展览。2000年，由管郁达在贵阳花溪风景区主持的"人·动物·共生"展中，尹光中展出作品《万花筒·动物克隆》。此外，他还展出过地景陶艺《灯》等。

与尹光中创作倾向颇为接近的还有刘雍。刘雍最初从事漫画创作，后来尝试将漫画的构思方法应用于雕塑和陶艺。刘雍与王平等贵州艺术家一起在北京的中国美术馆展出过反映贵州高原少数民族文化的作品，并受到了艺术界的关注。

1984年11月，尹光中、刘雍与王平一道在北京"静息轩"举办了展览。

王 平

王平将云南的民间造型用她的手法表现出来，她做了一部分木雕，也做了一系列陶塑，其间可以明显看出民间祭祀符号的痕迹，将作品按"天、地、人、神"加以归类也说明了这一点[②]。她的创作手法与木雕非常相近，大多在陶土未干之时进行雕塑、刻线。把陶土作为材料进行雕刻，但对陶土和釉料材料本身的特质却没有深入发掘，没有完全展示出陶土和釉料的材质美感。不过，二十世纪八十年代在人们对陶艺的理解还停留在"瓷器"这一层面的年代，王平却大量运用了粗犷而具有地方

136.王平《生罐》黑土陶塑 74×40×33cm 1100℃ 1986年

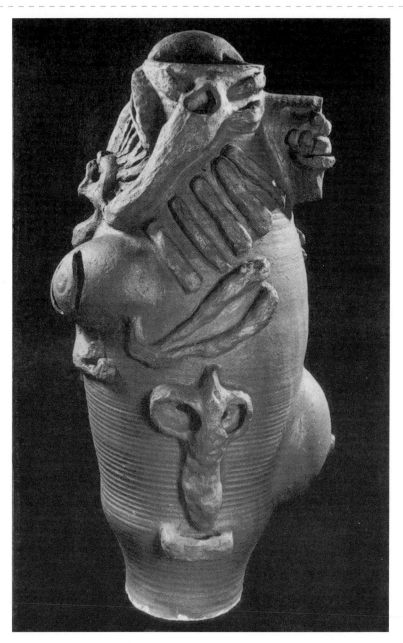

特色的造型符号，在拉坯的基础上进行切割、钻孔，改变造型，从而引起了人们的关注。同时，她的作品也启发了当时的陶艺家们，推动了现代陶艺创作的进程。（图136）

黄雅莉是湖北美术院的专业雕塑家。她曾用两年的时间专门从事陶艺创作。1987年她推出了作品《红土系列》，这组作品把带着某种建筑感的造型夸张和符号化，简洁、带着对称性和平稳性，运用穿洞、线条，这些如建筑，甚至如城堡废墟的造型符号让人们产生心驰的神秘感。此时，在中国现代陶艺起步的阶段，活跃的艺术家韩美林也开始用陶土做了一批装饰性陶盘和陶塑动物。

杨诘苍也曾是陶艺创作的"票友"。杨诘苍原名杨杰昌，1982年毕业于广州美术学院中国画系并留校任教。杨诘苍曾心血来潮到佛山做了一批陶艺作品，这在1986年的陶艺界也属少见，以后他也没有再从事陶艺创作，而是转向实验水墨，并于1989年移居德国和法国，今天已经是国际上有影响的实验水墨艺术家。

他当时的这批陶艺作品虽然不能严格地以"陶艺"的尺度去衡量，但从他在作品中所表现的对陶土的把握、用料的大胆尝试，充分体现了他作为现代艺术家具有的创作意识。杨诘苍曾在广东画院举办了该次陶艺作品的个展。展览后，其中的十几件作品被林墉收藏，后捐献给了新落成的广东美术馆。《江苏画刊》1987年6月封底发表了他的陶艺作品《太极》。

孙家钵

任教于中央美术学院雕塑系的孙家钵在雕塑作品之余也尝试制作陶艺作品。他的《牧归图》成功利用泥板卷曲成型的方法塑造了羊群的形象。用同样的方法，他也塑造了一些民间少女的形象。在他看来，艺术就是"寓意"，比如水墨并不仅仅局限在水墨画的泼墨手法，而是表达艺术家内心的意象，这决不是形式上的问题。在他的作品中，我们可以解读出作者心灵深处纯真的心态。甚至

137.孙家钵《女人》陶 25×8×6cm 氧化焰1230℃ 1993年

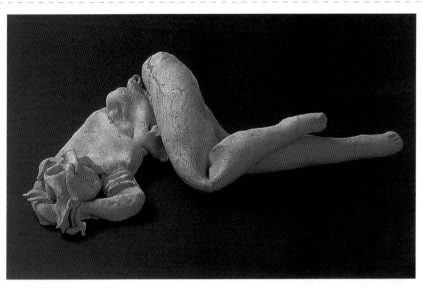

138.孙家钵《睡美人》陶 30×15×5cm 氧化焰1230℃ 1993年

我们不能将他的作品完全归入现代陶艺范畴，因为其中作者极大程度上运用了雕塑的语言，而不是陶土内在的泥性特征以及陶土材料的特有效果。（图137、138）

杨国辛

一个有能力的艺术家必然有着开阔的视野，能娴熟地把握和驾驭各种材料。作为中国当代的实验艺术家，杨国辛在采用油画颜料、亚克力颜料、图片及数码印刷等多媒材进行创作的同时，也选用了陶土和釉色材料。（图139）

139.杨国辛《鲜果》布面油彩
173 × 153cm 1996 年

　　杨国辛是在 1991 年湖北首届陶瓷艺术
作品展上开始展出陶艺作品的。之后，他充
满激情地投入到中国传统陶瓷鉴赏中，甚至
用两年时间泡在各地的文物市场，对历史上
各个时期陶瓷的风格特色有了比较详细的了
解和把握。从 1997 年开始，他陆续参加了在
广东美术馆举办的"超越泥性"、"演绎泥性"
及日本九谷国际陶瓷设计展、第五届日本美
浓国际陶瓷展等国内外的一系列现代陶艺大
展。(图 140)

对于杨国辛而言，传统技法并不重要。在他看来，现代陶艺应该注重材料，但又不能局限于材料。在他的作品中回避了关于用釉、泥土和煅烧的技法上的传统限制，而将陶艺创作的立足点放在作品的最终效果上。他虽然也选用陶土材料，但在作品制作过程中意在陶而心不在陶，注重考虑作品的整体艺术效果。杨国辛往往在陶瓷厂实地观察而引发创作灵感，如《未知物化石》系列是将含高铝的矿渣浸泡在釉色中，在不同温度下进行反复煅烧。因为承受釉色的材料并不是严格意义上的陶土，作品的内部结构也就不是空心。这种特殊材料与釉料的收缩比例不

140.杨国辛《未知物化石之一》
陶 31×22×11cm 1250℃
1998年

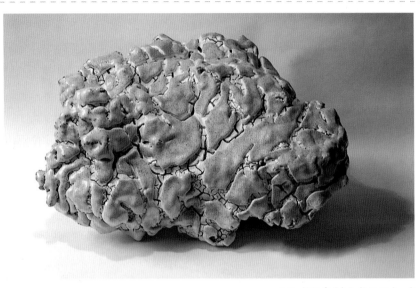

141.杨国辛《未知物化石之一》
陶 31×22×11cm 1250℃
1998年

一致，在燃烧中和冷却后会出现拉裂痕迹，杨国辛因势利导地将这种无意识的拉裂痕迹变成了有意识的风格选择，在多次煅烧后呈现出材料肌理的美感，从而使他的作品带有明显的实验性（图141）。艺术家对现实生活的观察是细致入微的，他们往往会从人们忽视的细节中得到灵感。作品《黑白无常》就是从雨点打落在玻璃上留下的水珠得到启发，杨国辛将这种细小的水珠用陶土材料加以放大和夸张，作品由不规则的、超大尺寸的雨点组合而成，用黑白两种釉色进行表面处理，从而产生了强烈的视觉冲击。他将空间因素巧妙引入了陶艺创作，传统脉络清晰可寻，古典园林美学意蕴和黑白博弈意向隐

超越泥性

喻对尘世烦嚣的逃避和对精神宁静的渴望，
也是对东方哲学和生活智慧简洁明澈的诠
释。(图142)

井士剑

　　井士剑在中国美术学院教油画，近年来
开始从事现代陶艺创作。他的作品带有独特
的冷峻风格，具象的整体塑造和抽象的局部

143.井士剑《浴女》陶 30×16
×12cm 1230℃ 1998年

144.井士剑《典雅》陶 123×90×70cm 1320℃ 1998 年

相结合，并具有岩石般的厚重感和粗犷的肌理。井士剑非常重视烧成的效果，在展示时与作为背景的绒布形成了鲜明的对比，更突出了其材质感。《典雅》中的人体脸部和胸部上少许亚光白釉，以低温煅烧而成，隐约流露出女性内在的典雅风韵，极为传神。他塑造的人物大多带着些许的迷茫和寻觅，暗示着生命的脆弱和心灵需要安慰。《依靠》、《浴女》表达了作者对于人与野兽、人与自然关系的认识和理解。(图143、144)

刘建华

　　曾在景德镇工作过的刘建华对青花和粉彩等传统工艺非常熟悉。他将这些工艺改造利用，并赋予作品全新的造型。刘建华从90年代开始就用一系列中国式的服装作为创作的元素，从中山装到对襟衣服再到旗袍，并用瓷土创作了一系列作品，引起同行关注。他不只是将自己仅仅归入陶艺家的范畴，而是将自己放在当代艺术的范围内，这与杨国辛、白明、左正尧等有相似之处。而他参加的一系列展览也不仅仅限于陶艺展。

　　刘建华在作品中追求的是符号之间不和谐的对立状态，《不协调》系列亦只是依据他的立场对当下社会生活做出的艺术描述。当代艺术重新引入的审美是一种综合性反应，伦理、政治、物质和日常习性都会表现其视觉印痕。他将粉彩和青花结合在他一系列的陶瓷作品中，例如《嬉戏》，穿着旗袍的东方女性蜷曲在瓷盘上，让人看起来更像是一道中国文化烹饪出来的色彩艳丽的佳肴。女性和旗袍的美丽在这里被展示成一道可以享用的大餐。而他的"'99彩塑系列"以浴缸、女人在室内的各式风姿及各款漂亮的现代旗袍组成，用感性、日常及物质化的形式表达作品的意义。(图145)

145.刘建华《嬉戏》陶瓷 56×
56×16cm 1320℃ 2000年

黄 岩

　　黄岩在人体上画山水，大家都很熟悉。
然而黄岩在一段时间也烧制过不少陶艺作
品。他1999年创作的《手形》在不断抓捏泥
土的重复中做出了400个不同的手印并组合
在一起，这件作品看似无序又极其有序，将
艺术家每一个行为动作通过陶土而产生的每
一个痕迹实实在在地呈现在观众眼前。他用
不同的力度拿捏留下印痕，因为捏陶泥的时

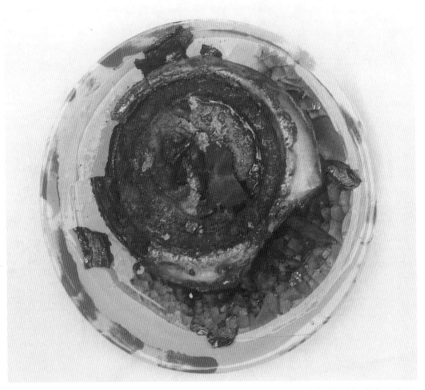

146.黄岩《钟表》钟表、陶土、玻璃 25×25×5cm 1230℃ 1996年

间、体力及泥的干湿等因素有区别，同一人的每一个手形又都不同，手形的丰富性反而又突出了手工性。这是一件典型的利用东方智慧、强调个人经验的陶艺装置作品。

近年来，黄岩大胆利用新材料创作了一系列陶艺作品。他将陶土与玻璃、金属、收音机等多种材料组合在一起烧成，给人留下了强烈的材料美感。他还尝试用油画颜料、泥土等混合在一起煅烧，并从中得到更多的灵感和启发。如作品《钟表》就是将废弃的钟表和玻璃碎片放在陶盘中烧成，钟表和玻璃在经过高温后化成了流体并重新冷却，产生了看起来极其丰富而表面光滑的作品。（图146）

　　黄岩的作品"以现代观念对待现成品：它不再以拓印作品为创作结果而是将泥和现成品直接作为创作结果，由此，泥版不再是版而是还原为板，还原为放置、压入现成品的板；甚至还原为泥，还原为包裹、挤入现成品的泥。手段本体化，过程结果化——古典观念从而蜕变成现代观念。"而《手形》这类"将压有现成物品印迹（而不是现成物品本身）的泥板烧制而成的陶板，恰是这种蜕变过程的中间环节、过渡环节。"[③]虽然他对于陶土、釉料及烧成温度的掌握上不如一个地道的陶艺工作熟练，但是这种将不同材料与陶土混合烧成的试验性尝试，却在传统陶艺固有的技法中突破出一条新的创作思路。

　　从杨国辛、刘建华、黄岩的艺术实践中，我们可以发现越来越多的实验性艺术家已经开始关注和选用陶土作为媒材进行创作，随着实验艺术家、批评家、策展人的全面介入，陶艺创作队伍的单一性将逐渐被打破。这是充满希望的等待。

注：
①见贵阳艺苑第三辑《对山集》，吉林摄影出版社，1995年
②见《王平现代雕塑美术作品选》，北京工艺美术出版社，1988年
③见刘骁纯《黄岩的烧制艺术》，《江苏画刊》1998年，第4期

第四节　　产区陶艺家

20世纪80年代中期，中国艺术界狂飙突进的"创新"风气刮到了景德镇、佛山、宜兴等陶瓷产区。在深厚的历史积淀下，陶艺家们即使有所创新，也只不过是装饰纹样的改变，或是形态上的打散重组与互相叠加。如在江苏宜兴，紫砂陶艺特别是紫砂壶艺不断完善，其造型语言和实用功能在人们心目中已形成了一种标志性符号，现代艺术的思潮很难对它产生影响。

然而，社会的需求则在悄悄地，而且是迅速地发生着变化。传统工艺停滞不前，陶瓷产品在国内市场大量滞销。面对这一现实，陶瓷产区的变革终于开始出现，包括景德镇"现代民间青花热潮"和仿古瓷的兴旺和宜兴紫砂壶的变革。

景德镇"现代民间青花"热大约兴起于1988年，此后一直高歌猛进，到90年代中期才渐渐沉寂。在这股热潮中涌现出一批颇有创意的探索者，如时任景德镇陶瓷研究所所长的秦锡麟将景德镇传统的磋斗碗纹样移植于小瓶小罐上，这些图案并非原创，而是清代民间熟练工人画的，但这确实给当时一拥而上发掘民间青花瑰宝的人们很大的启示。于是传统的"婴戏图"都以所谓现代形式被扩散组合，人们从中国画、连环画甚至各朝代的碎瓷片中发掘出各种创作素材。这一"现代民间青花"热潮与当年毕加索在瓦洛利的情况十分相似，如各地艺术家纷纷奔赴景德镇进行创作，设计师、普通陶工等等都一拥而上……虽然没有毕加索式的"酋长"，但却有毕加索影响深远的魂魄——现代艺术思潮。

同时，在现代艺术观念的影响下，注重表达观念而不是以"好用"、"适用"为第一出发点的紫砂器也在宜兴出现了。这显示了宜兴现代陶艺变革的开始。我们知道，"壶"是一种固定的艺术样式，然而其表述的意义和表述意义的方式是有所不同的。紫砂壶的变革是向当代文化的全方位展开，它脱胎于功能性的传统，这个传统所提供的深厚的形式资源在某种意义上也决定了它的语言特征，尤其是物理特征。传统不仅决定了紫砂壶的形式美，也决定了它与其它媒材的根本区别。它的成果是在复杂的技术过程中实现的，这个过程在某种程度上限制了艺术表现的自由。紫砂壶在规模和空间上的局限性，决定了它不可能大规模地直观地介入当代生活，形式与媒材特质是它吸引观众的视觉"诱饵"，艺术家的个性表现与文化思考则隐含其后。在这场变革中，陶艺家们正是深刻掌握了陶艺的特性，才以积极参与当代文化的态势，把博大精深、历史悠久的紫砂壶艺推到了现代艺术的前台。比起"现代民间青花"热潮，这场变革更为彻底，并涌现了卢剑星、吴光荣、吴鸣、葛军、周定芳等一批现代壶艺家。

一、景德镇当代陶瓷艺术家

景德镇民间青花在继承唐代长沙窑、铜官窑釉下彩的优秀传统和吸收宋代磁州窑以及吉州窑的艺术特点，从元、明、清至今逐步发展起来的。景德镇的现代民间青花吸收了传统民间青花形式技法中的抽象理念、写意画风和符号性艺术语言，它在创作过程中不拘泥于任何具体形式，而是充分表达了陶艺家的意念、情感与个性，陶艺家的自我意识得以充分的渲染。

秦锡麟

秦锡麟是景德镇现代陶艺的推进者。秦锡麟于1942年5月生于江西南昌，毕业于景德镇陶瓷学院，现为景德镇陶瓷学院院长、教授，并被韩国京畿道大学授予荣誉博士学位。秦锡麟的主要成就体现在现代陶艺创作青花瓷艺领域中的突破。自从1985年他主持江西省陶瓷研究所课题组的研制、开发以来，形成了一股现代青花的尝试和创新热潮。他在青花领域已经打破了传统中在拉坯件上进行创作的理念，或切割、或组合

147.秦锡麟《山花烂漫》瓷、釉里红 40×28×28cm 还原焰 1320℃ 1997年

148.秦锡麟《昔日的光辉》瓷 38×12×12cm 还原焰1320℃ 1998年

装置，甚至用其他的工具，使青花这门古老的艺术从釉料到造型焕发出全新的艺术魅力。在景德镇掀起民间青花热潮中，以秦锡麟为代表的主创力量进行了富于创造性的劳动。使青花焕发出新的生命力度。（图147、148）

朱乐耕

和不少现代陶艺家有所区别的是，同在景德镇的朱乐耕的作品基本上以实用性为主，在瓶、罐、壶、盘等实用器皿上加以彩绘。他认为这些日常生活中所用的器皿充满着人性的寓意，从这些造型简朴、线条抽象的器皿中去概括和提炼作品的抽象美感。他长时间迷恋于"碗"这一造型，将这些碗形的作品加以变形夸张，最大甚至达到60厘米，以此来表达自己的艺术思想。

朱乐耕做的壶追求自然天成的情调和趣味，在壶身中留下自然卷曲的折痕，由壶把一直延伸到壶嘴。他喜欢用人以及动物，比如马、羊、女人体、猴子、小鸟等来雕塑壶盖、装饰手柄、壶嘴等。一个小小的壶盖如果放大，无疑是一件雕塑作品。他将类似雕塑作品含量的动物造型浓缩在一个小小壶盖之上，使壶的视觉力度瞬间展开和扩大。在他的观念中，壶已经不仅仅是壶，而是自然山川地貌，壶就像一座山，一片草原，一片沙漠。

在这里笔者还想指出，中国的现代陶艺从向西方学习起步，先天就处于被动的状态。这也造成了中国现代陶艺始终无法达到世界陶艺水平的巅峰。但如果我们放宽视野就会发现，传统创作资源最为丰富的青花瓷艺应该是中国陶艺领域最有作为的项目，是和世界陶艺相抗衡的最有力的语言。西方陶艺家在创作中也会采用瓷土媒材进行创作，但成就不高，而中国现代瓷艺的发展还没有形成整体的力度。邵宏、杨小彦曾与笔者探讨过中国现代瓷艺发展的广阔前景，他们都希望在适当的时候对现代瓷艺进行系统研究，整合开发共同推动中国现代瓷艺的历史进程。

二、佛山当代陶艺家
梅文鼎　曾鹏　曾力

在有"陶都"之誉的广东佛山，梅文鼎、曾鹏、曾力将现代陶艺风格以展览的形式极富力度地向社会推出。他们组成了一个三人创作群

149.曾力《熊》128×40cm 还
原焰1230℃ 1983年

超越泥性

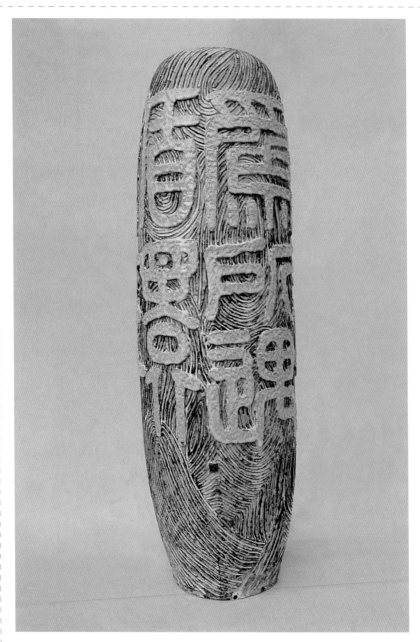

体。他们的陶艺作品风格比较一致，创
作题材也大同小异，包括动物、人物、植物、
青铜器造型及纹饰变异、传统玉器、民间玩
偶变异、陶俑、民间剪纸、篆刻、彩陶造型
及纹样、传统陶瓷器皿、鱼等等。(图 149)

他们在创作中以陶土和色釉为材料，将
这些题材内容按照陶器成型工艺要求进行变
化，或取局部，或参差综合，或整体变异。其
总体特征表现为：在造型和装饰纹样的形态
变化上有图案化的倾向，注重中国传统文化
特征中对象征、隐喻、唯美的追求，而形式
语言及审美方式则显得通俗化。进入 90 年代
后，曾鹏、曾力忙于虞公窑工厂的商业运作
和原木家具的开发，而梅文鼎的作品走得也

不是很远,比较缺乏新意,能持续打动人的作品不多。这可能与他在工厂长期从事产品性陶艺设计和生产有关。(图150)

今天我们回头看他们当时的作品,难免会觉得太注重民间性、装饰性,没有特别突出的代表作。无庸讳言,按照今天的标准来衡量,他们的作品并不具有真正意义上的"现代性",其"现代感"主要表现在旗帜鲜明地提出"现代陶艺"口号[①]以及作品创作思路中蕴含的现代意识。虽然他们在材料美感的追求及个性的表现上没有严格意义上的突破,然而却找到了陶艺创作的现代性方向。在当时的条件下,他们能大胆地运用现代陶艺观念进行创作,对"现代陶艺"口号的提出和现代陶艺整体风格的形成起了积极作用,对中国陶艺界可谓影响深远。(图151、152)

刘藕生

在佛山,除了梅文鼎、曾鹏、曾力外,刘藕生也是在现代陶艺的探索上投入了大量时间和精力的艺术家。他的作品在局部加以夸张,在写实的基础上加强了符号化的处理,造型简洁。他所创作的《吴昌硕》、《大司命》、《达摩》等作品重点刻画了人物的表情和神态,将衣纹和动作抽象化,用极为简洁的方式加以表现。在工艺上以泥板成型为主,随着泥板的任性弯曲,人物的神态也产生了微妙的夸张和变化,在作品的表面施以厚重的釉彩,从而使作品超出了石湾习惯的样式。不过,随着欣赏者群体的扩大,刘藕生的创作量也随之增大,后期的作品因此有的过于随意而显得粗糙。(图153、154)

三、宜兴现代陶艺家

改革开放后,港台地区的紫砂壶艺的收藏家涌入宜兴,紫砂壶一度

153.刘藕生《吴昌硕》陶 92 ×
36cm 还原焰1230℃ 1989年

火爆，价位飙升至每件几十万元人民币。但这只是大陆几十年封闭国
门，港台收藏家因情感积蓄所产生的"寻宝"心理所致，并非真正市场
成熟的体现。随着市场的成熟，紫砂壶的价格一路跌落，滞销的情况越
来越严重，宜兴紫砂壶的改革也就显得越发迫切。

在宜兴，卢剑星、陆文霞是紫砂壶艺变革的较早实践者。他们推出
了"五色土"系列作品，这组作品利用陶泥不同色彩的构成方法，淡化
壶的实用功能，根据作品需要给"壶"安装两个壶嘴，四个手把，彻底

打破了对传统紫砂壶一嘴一把的形制，对以
后紫砂壶艺的观念起到了先锋作用。

吴光荣

　　而吴光荣在作品创作过程中边想边做，
随着灵感的闪现而自然显现出作品的个性。
他习惯利用未干坯件摔打，并将这些作品命
名为《摔壶》系列。吴光荣以不同的力量去
摔，同时在摔的过程中配合捏的动作，使紫
砂壶的外形美感超越规则的局限。陈传席在
《寻找未来》一书中评论吴光荣的"摔壶"时
认为，他是"以壶为主题来进行陶艺创作，达

155.吴光荣《摔壶系列之四十
二》紫砂 24×16×11cm 氧
化焰1120℃ 1997年

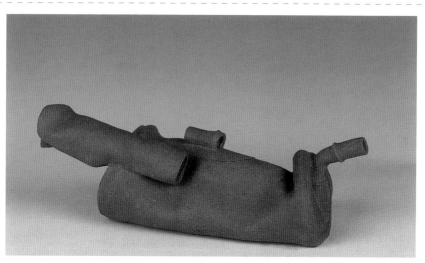

156.吴光荣《壶》陶 13×17
×7cm 氧化焰1120℃ 1999 年

到泥性与灵感的统一"。1990年创作的《人与水资源》表达对地球上水资源的思考。作品外形如同一个地球，这个"地球"上有无数的水井，暗示对地球水资源无限制的开发，又似一个水生动物处在无水的环境中，成为一个干枯的生物符号，寄托对人类生存与资源有限的忧虑、思考。(图155、156)

吴　鸣

　　吴鸣制作的紫砂陶艺作品，其代表作是他与葛陶中合作的《期待》和《大道归真》。二者都入选了日本美浓国际陶瓷展。《期待》是一组茶具，他在创作这件作品时可能是受

157. 吴鸣《日月星》10.5×10.5×5.8cm 1180℃ 1989年

到古人油灯造型的启发，将壶的手把拉高置于顶部，一大三小，组合成型，造型丰厚但略显雷同。而《大道归真》则将陶与木材组合在一起，虽然作品还是运用他特有的"刻陶"的手法，但创作的动机集中在作品自身的完善中。他就第二届日本美浓国际陶艺展所命题的《光》创作了一组作品，即《日月星》系列。这一系列虽然是命题之作，但却透出纯化、简洁的美感。除了壶艺，他还做了不少挂盘和其它造型的陶艺作品。（图157）

　　在宜兴紫砂陶艺作者中，吴鸣性格内向，虽然在艺术实践的开拓上走得不算太快，但他能甘于寂寞，勤于思考，追寻"两句三年得，一吟泪双流"的古人情怀，形成了他稳重的个人风格。

在宜兴紫砂队伍中还有葛军和周定芳。葛军也是紫砂壶艺变革中的重要作者之一。为了追求创作上的主动和生活上的自由，他1991年从景德镇陶瓷学院毕业后就只身来到宜兴。他的作品以壶为主，在实用的基础上侧重艺术品位与效果，大胆运用紫砂陶的五色土特点，冲破传统理念，吸收传统技法，一改谨严刻板之风，造型样式更加自由，追求每一件作品在现代气息上的完美体现。

周定芳从小受到产区风格的熏陶。她勤奋从事壶艺创作，并且不断向陶艺界的同行学习，逐渐形成了自己独有的风格。她的紫砂壶造型独特将花生和蘑菇用于壶的外形中，作品曾参加1995年在英国ABERYSTWYTH艺术中心举行的"国际陶艺博览会"，并被大英博物馆收藏。

在后工业文明的今天，实用性器皿要突破传统的桎梏，必须要作大胆的突破性尝试。事实上，功能性仅仅只是实用的需要，而造型与审美同样占据着相当重要的位置。壶还有非常大的创作空间。国外的现代陶艺家在制作壶的时候有更加开阔的思路，因为他们最后将作品定位在造型语言上。作为壶类最集中产区的宜兴，更需要有创造性的陶壶大师出现。可喜的是，近几年来，国外许多著名陶艺大师在宜兴成功举行了不少研讨会和展览，为国内陶艺家提供了学习借鉴的机会，这必将推进紫砂壶艺的进一步发展。（图158）

此外，还有一些艺术家虽然不在陶瓷产区，但在作品风格样式上却与产区传统风格极为接近。如胡小军。他的绘画有相当的功底，速写和水墨画都透出文人画的气息，而陶艺作品也有着同样的语境。很难说清是他的陶艺创作影响了绘画还是正好相反，但在他所有的作品中，我们

158.康清《茶具》陶 25×25 ×12cm 1230℃ 2001 年

都可以看到对情调的小品式的追求。在造型上，他一般选用比较单纯的器皿，如罐、碟等，将主要精力放在了作品的釉色对比和烧成肌理的对比。看他的作品，让人想起江南水乡的情调。"他的构想只是一种渴望达到的赏心悦目。但这种构想在他触摸到泥土时通常会有所改变。更生动的东西令他激动喜悦。灵性的成分通常与欢乐一起在小军的陶艺作品中散发着。"②

四、职业陶艺家工作室

到了 20 世纪 90 年代，职业陶艺家们纷纷出现，并成立了个人陶艺工作室。职业陶艺家和工作室是具有现代艺术形态特征，以进行艺术探索为目的，专门从事陶艺创作的个体职业形式。职业陶艺家出售作品是将自己的艺术观念、艺术探索展现给公众的形式之一，它与各种展览、收藏、捐赠等形式性质相同，不是一种单纯经营的行为。

个体创作是现代陶艺工作形式的重要特征，它要求陶艺家独立完成作品创作的全部过程，其中包括炼泥、配釉、成型、烧造以及后期制作等，在过程中获得深切体验，以形成完整的作品。这一观念源于日本。职业陶艺家及其工作室的出现，标志着现代陶艺从艺术观念的导入到工作形式的出现全过程在中国的基本完成，真正的"陶艺界"由此而初步形成。他们是现代陶艺在中国发生、发展的产物，在陶艺探索上具有相当的自由度，也是现代陶艺队伍形成与壮大的基本力量。

工作室的建立对于艺术家来说是极其重要的。只有建立了个人工作室，才能完全按照艺术家的思路进行创作。没有工作室之前，陶艺家们都经历过创作力不从心的痛苦，那时候，哪怕只是为了烧制一件作品都要去工业产区，借用别人的窑炉设备，在设备、原料、人力上受到诸多限制，很多创作构思无法体现。某些工业产区的环境也特别恶劣。记得笔者第一次去蕲春烧制作品的时候，身上曾经被跳蚤咬了300多个红包，一气之下创作了一系列长包的壶，即《包壶》系列。当然，最痛苦的是当地的设备和条件不能够按照自己的要求完成创作，作品会或多或少留下遗憾的痕迹。与在同一窑炉中烧成的工业产品相比，不少作品的尺寸过大过高，对温度和气氛的要求也不同，往往工业产品烧得恰到好处时，我们的作品还没有烧透。从这个意义上说，没有一个工业产区的条件能够真正达到艺术家的创作要求。

为了自主把握陶土、釉料、温度等条件，所有从事陶艺创作的艺术家都把建立个人陶艺工作室作为第一目标。和绘画等只需要基本材料的艺术门类不同，窑炉等煅烧设备对陶艺家是必不可少的。他们在生活上

159.建在深圳雕塑院内的陆斌
陶艺工作室

也许过得很简朴，但对设备要求却很苛刻。这些设备的引入，对场地条件也提出了较高的要求。随着社会的发展，国内的陶艺家们正在逐步完善和建立个人工作室，这表明中国现代陶艺已进入成熟发展的初期。当然，目前陶艺工作室的条件、设备、空间等不可能完全达到艺术家设想的理想条件，仅仅是有了一个良好的开端。

罗小平从1992年8月份开始在宜兴建立小平工作室"Xiaoping Studio"，并发展至今。工作室面积约300m²，有0.5m³瓦斯窑等设备。工作室设在宜兴，本身就是为了从传统中吸取养分。工作室只用紫砂材料进行创作，强调作品的独创性，几乎从不量产。工作室助手一般从在校生或刚毕业学生中挑选，数量保持在5－9人之间。这些助手工作时间一般在5年以上，跟随罗小平进行现代陶艺实践。目前，"小平 Xiaoping Studio"在国内外已经有了较高的知名度，台湾、美国的多家画廊代理工作室的作品。此外，工作室还设立了网站，并出版了作品专辑。

陆斌陶艺工作室始建于1994年，为建这个工作室，陆斌将新分的公寓房换成有独立封闭院的旧公寓房，内用铁皮搭建的工作室有 20m² 左右，由香港购置的 0.25m³ 的小型瓦斯窑一座，自制的球磨机及脚踏拉坯机各

160.乐陶苑经常邀请国内外陶艺家进行学术交流。图为台湾陶艺家翁国珍在做示范

161.彦窑主持陈志彦正在接待
中外陶艺家

一台。1996年陆斌辞掉工作，成为职业陶艺家，并将工作室迁到荔园小学的一楼出租的教室内，占地100m²，有自制电动拉坯机、喷釉台，小电窑等设备。他还曾一度开设陶艺学习班。1998年陆斌再度迁移工作室至深圳雕塑院内自建的铁皮房内，有面积40m²，增加台湾产炼泥机、美国泥板机、乐烧窑等新设备，但仍使用旧的0.25m³的小型瓦斯窑，自至2001年换成景德镇制0.5m³的瓦斯窑。2002年，陆斌陶艺工作室迁至新的深圳雕塑院内，有1m³、0.5m³瓦斯窑各一座。(图159)

1997年，许以祺在北京市郊创建"乐陶苑"工作室。工作室面积约1200m²，有柴窑、电窑、粘土机、球磨机、12台拉坯机等设备。工作室有固定助手三名，王海晨、蒋颜泽先后担任过艺术总监。许以祺创办乐陶苑，主要是为了促进陶艺界的学术交流。自成立以来，乐陶苑已经邀请过温·海格比等十多名国外陶艺家驻苑创作，并接待了大量国内外的陶艺家。驻苑艺术家主要从事实验性陶艺创作，并进行柴烧等工艺尝试。（图160）

随着陶艺热潮的兴起，部分画家、艺术家相继筹建了个人陶艺工作室，如画家陈永锵1998年建立了"彦窑工作室"，黄永玉在北京通县万荷堂也建立了个人陶艺工作室。韩美林也创建了陶艺工作室。（图161）

陶艺家的创作习惯、艺术观念和作品风格各不相同，对工作室也相应提出一些特殊的要求。就笔者个人而言，由于不习惯居住地点和工作室距离太远，所以工作室就建在居住楼层的空地上，可使用空间大约100m²，有0.3m³的液化气窑、拉坯机、高压气泵以及其他必要的制陶设备。泥料和釉料从宜兴、景德镇、佛山等地按照需要采购，作品基本采用氧化还原的方式烧成，工作室的助手一般在1－3人。以上条件完全是按照自己创作的要求建立的。工作室的使用空间虽然不大，但是和居住环境紧连在一起，必要时可扩展的空间有400m²左右，足以满足个人创作的需要。

注：

① 见《石湾现代陶器》，岭南美术出版社，1986年

② 见雨门《泥或者碎片——对胡小军其人其陶的个人阅读》，《江苏画刊》1995年第12期

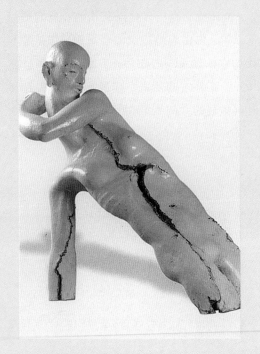

第六章

传媒与收藏

现代陶艺要形成良性发展循环，离不开传媒界和收藏界的推动。近20年来，专业刊物的探讨也促进了现代陶艺理论的形成，传媒与收藏界对现代陶艺由忽视到关注，为现代陶艺发展创造了良好的氛围。

第一节　　专业刊物

1985年7月，当年第7期的《江苏画刊》发表了李小山的《中国画之我见》。李小山在文中提出，中国画已经到了穷途末路，中国画的发展实际上是在技术处理上"追求意境所采用的形式化的艺术手段"。这篇文章在国画界乃至艺术界都引起了极大关注，并引发了远远超出国画范围的讨论。当时，席卷中国的美术思潮正在全方位推进，《江苏画刊》改版，《美术思潮》创刊，被禁锢的艺术思想体系突然被打开了门窗，一股清新的风气吹进了艺术界，人们开始思考新的艺术观念和艺术手段。

这一时期，现代陶艺理论还较为薄弱，不少研究者视野狭窄，概念含混，几乎没有人把现代陶艺放到世界现代艺术发展的大环境和中国现代艺术的发展状态背景下，进行整体、深入的思考和研究。职业理论家的专门性研究也未出现。当时仅有《美术》、《江苏画刊》、《雕塑》、《中国美术报》等刊物对港台和海外的陶艺家进行了介绍,影响面很窄。当然也有一些陶艺家对当时现代陶艺的状况进行了相对深入的研究,如孙保国在《新美术》1985年第4期发表《站在人与自然之间——陶瓷文化在人为世界的空间方位上》,从陶瓷家族、创造精神和陶瓷文化三个方面对现代陶艺进行论述;《中国美术报》1988年第1期刊载陈进海撰写的《陶艺"热"引起的沉思》,指出"眼下的新陶艺与传统陶瓷艺术有一种文化上的断裂感,但在这种消极意义之外,又带有积极进取的挑战性,它使处于新旧交替、中西文化冲突中的传统陶瓷艺术再也无法守住文化的藩篱……激进地探索不免带来形式的极端,然而正是这些似乎不够成熟的极端形式,反映了迷恋于传统文化的危机以及可贵的文化批判自觉性,揭示出具有历史必然性的陶瓷艺术现代化的趋势,从而呈现出自身的生命力。"[①]

从20世纪80年代中期以来的各种刊物发表的有关现代陶艺的理论文章和各种研讨会宣读的学术论文中,不难归纳出陶艺界关注的问题:对生命本质、非理性意识、社会存在等问题的哲学思考;现代陶艺的特征;对境外知名陶艺家的介绍、分析与评价;传统与创新问题;实用性与纯艺术性;提倡研究材料、工艺技术;工业文明与手工业文明的比较;各种创作体会等等。

在这些问题中,对生命、非理性意识和社会存在的哲学思考与80年代中期艺术界关注文化哲学问题、强调思辨的潮流是完全吻合的。在以下问题上,陶艺界也取得了一定的共识:对传统资源进行扬弃吸收;剔除实用性,强调情感个性的释放;发掘偶发性因素,创作过程即目的等等。

当时的理论研讨也存在许多的不足,显得空洞、口号化。比如说,理论家们强调超越理性,而对如何超越却语焉不详。一些文章对于"单纯、沉静和空灵气氛,一种超然的力量,一种超越生命本体的宇宙意识和具有永恒性的精神"大加赞美,但对具体的技法和锤炼却一笔带过。

这样的论述，只会使后来者云里雾里，不知所云。事实上，不少理论家就是在没有阅读研究原著、译著的情况下，就从理论高度对略嫌稚嫩的作品加以一厢情愿、漫无边际的剖析和论定。哪怕是"仁者见仁，智者见智"，也还有一个"仁"和"智"的前提，没有研究，"仁"者何出？没有认识，"智"者何来？这是眼光闭塞必然会出现的问题。

随着这些现象的凸显，更加注重史料的研究陆续出现。一些学者从紧随所谓"艺术大流"的状况中独立出来，开始进行更注重现代陶艺自身特性的探索和思考，并出版了一些有分量的著作。如中央工艺美术学院的陈进海于1987年撰写了《世界陶艺史》，景德镇陶瓷学院的黄焕义撰写了陶艺专业教科书。此类书籍虽多为资料性和教材性著作，然而，中国现代陶艺的学术研究由此出现了向更高层次发展的态势。

20世纪90年代中期之后，专业学术刊物对现代陶艺投入了更多的关注。1999年5月，由《景德镇陶瓷》改头换面的《时尚陶艺》季刊出版。《中国陶艺》大量介绍中国陶艺动态和中国陶艺家，同时关注了世界现代陶艺发展动态。《世界陶艺概览》、《陶艺家通讯》等陶瓷界专业刊物对现代陶艺的报道更是不遗余力。

在国内的重要美术刊物中，关于现代陶艺的报道也多了起来。《美术文献》共推出了两辑《中国现代陶艺专辑》。《江苏画刊》开辟了由白明主持的现代陶艺专栏，介绍了玛利·弗兰克、温·海格比、克劳迪·卡萨诺瓦斯、杰米·克拉克、克里斯蒂娜·瑞斯卡、唐·赖茨、安妮·莫蒂曼、安尼·C·库瑞尔等世界著名陶艺家。《美术》杂志和《装饰》杂志也都发表了现代陶艺作品及文章。《雕塑》也曾开辟过罗小平主持的现代陶艺专栏。

值得一提的还有自办发行刊物《陶艺家通讯》。1998年秋季，许以祺创办了"乐陶苑"，开始刊印季刊《陶艺家通讯》。许以祺在发刊词中写道，这本刊物是为了"团结发展民间陶艺力量"。这是目前国内唯一一本有延续性的、全方位关注国内外陶艺动态的民间专业刊物,对推动中国陶艺发展起了很大作用。《陶艺家通讯》尤其关注国外陶艺动态,对法国伐拉利斯陶艺双年展、瑞士尼昂国际现代瓷器三年展、墨西哥蒙特利第二届陶艺双年展、英国普莱斯登国际陶艺节、丹麦陶艺三年展等世界著名陶艺展览的情况都有介绍。

随着各类专业刊物对现代陶艺的介绍逐渐增多,现代陶艺著作也陆续出版。白明于1999年1月编著出版的《世界现代陶艺概览》收录了世界各国近半个世纪以来现代陶艺家的作品图片800余帧,并附有阐述世界现代陶艺起始和发展状况、风格流派、重要陶艺家评述以及现代陶艺的性质、概念,中国陶艺发展概况及存在的问题。总的来说,此书对世界现代陶艺的整体状况做了勾勒,并收入了一些从未发表和刊载过的珍贵资料。此书出版之后不久,白明又编著了一套袖珍型的《世界现代陶艺图典》。

历次展览后出版的图册也是关于中国现代陶艺的宝贵资料。如广东美术馆举办了历次大型展览后,出版了《感受泥性》、《演绎泥性》、《超越泥性》和《单纯空间》等图册。而浙江"中国当代青年陶艺家作品双年展"也出版了画册。

此外,中国美术学院出版社于2000年5月出版了《中国陶艺家》系列丛书,作者包括赵蔚明、戴雨享、周武等。2000年6月,江西美术出版社出版《生活的感动——白明的青花世界》。之后,中国美术学院出版社出版了《刘正水彩、陶艺作品集》;由美国评论家苏珊·彼特森编著的《当代陶艺》出版,收录中国陶艺家作品;吴光荣编制的《中国现代陶艺》光盘由安徽教育出版社出版。2002年6月,河北美术出版社出版了《国内著名艺术设计工作室创意报告》系列丛书,其中现代陶艺类包括了白明《时间的声音》、罗小平《时代广场》、姚永康《世纪娃》、白磊《超然自语》、伍时雄《一体同观》和左正尧《不单纯空间》等。

第二节　　大众传媒

　　20世纪80年代中期，大众传媒对陶艺创作的关注并不多，即使在陶艺界内部，对现代陶艺的热情也不高。除了前文提到的中央电视台对尹光中的报道以外，对陶艺家和陶艺展的报道屈指可数。从接受者来看，国人固然不缺少对陶瓷的感情，但大多没有超越传统的观念，对现代陶艺的口味自然很难调动起来。

　　现代艺术中的诸多流派在80年代中晚期如暴风骤雨般进入中国。人们基本承认了其存在的合理性，并从观念上日益接受。而现代陶艺却没有赶上那段风潮，从传播的角度看似乎错过了黄金时节。当时现代陶艺仅在院校和主要城市如景德镇、北京、广州、杭州、上海等地基础较好，就全国而言，群众基础相当薄弱，没有培养出大的陶艺欣赏群体。而且，由于当时中国的日用陶瓷和美术陶瓷产业并不景气，即使是原来有着深厚传统的瓷区，群众对陶艺的兴趣也在减弱。这种情况一直持续到了90年代中期。

　　20世纪90年代后期，随着中国现代陶艺的发展，各类专业刊物和大众传媒对陶艺的关注度逐渐提高。在大众传媒方面，2000年中央电视台《美术星空·中国陶艺先锋》推出了《中国现代陶艺专辑》，介绍了陶艺家白明、白磊、罗小平、吕品昌、左正尧、陆斌以及批评家范迪安、皮道坚、王璜生等。这是电视媒体第一次从现代陶艺的角度集中推介陶艺和陶艺家。中央电视台是中国的权威电视台，它的覆盖面和权威性，表明现代陶艺具备了公众认可的标准。很多人可能不理解现代陶艺,但中央电视台的介入却让人们自然而然地接受了这种现象。从那之后,大众媒体对陶艺的介绍也变得比较专业。2001年,中央电视台《东方时空》分上下两辑介绍广东美术馆的"单纯空间"展,在这次展览上左正尧提出了"女性陶艺"观念,引起广泛的关注。此外,上海卫视、江西卫视、苏州卫视、广东卫视等地方电视台先后推出了有关现代陶艺的报道。一些现代陶艺的著作也具有相当的文献性。它们辐射到社会的各个角落,使人们从拒绝、茫然、不理解,到慢慢接受。

近年来,陶艺网站在现代陶艺传播中发挥了越来越大的作用。人们可以方便地看到国内外的陶艺资讯,这对现代陶艺的广泛传播起了极大作用。

从数量来说,国外的现代陶艺网站比国内要多得多,而学术性和依托的资源则各有千秋。如美国费林美术馆http://www.ferringallery.com展示了大量的美国现代壶艺作品。美国纽约州立陶瓷学院的国际陶瓷艺术博物馆http://nyscc.alfred.edu展示了大量美国当代陶艺家作品。不少专业陶艺网站展示各具特色的商品,并把展示、鉴定、销售结合在一起,拓展了陶艺发展空间,专业紫砂陶艺网站紫艺网http://www.zsgy.com/就是其中一例。

综合性现代陶艺网站不少是港澳台地区陶艺家开设的,如台湾现代陶艺网http://www.modern-ceramic-web.com.tw/陶艺源地http://www.ceramist.com.tw/台湾陶艺网 http://www.ceramics.org.tw/ 等。大陆有21世纪陶瓷网http://www.21ceramics.com/china-daitaoyi/、世纪在线中国艺术网"世纪陶艺"专栏http://cn.cl2000.com/ceramic/等。白明主持的中国陶艺网http://www.artcn.net/是目前大陆陶艺网站中最为完善的一个,涵盖了陶艺动态、陶艺家、陶艺评论、陶艺专栏、网上展厅、多维视点、陶艺讨论等内容。

高校陶艺系和陶艺社也开设了不少自己的网站，如清华陶艺社 http://oz.nthu.edu.tw/~art12010/ 等。北京乐陶苑主办的《陶艺家通讯》也开辟了毛增印主持的《网上看陶》专栏，介绍国内外的陶艺网站。

第三节　　博物馆与私人收藏

20世纪80年代，无论在美术馆还是在民间，对现代陶艺作品的收藏都还没有形成规模。一些美术馆的收藏范围也仅仅局限在"工艺美术大师"的作品上，像1988年香港艺术馆收藏周国桢、李正文作品这样针对现代陶艺作品进行的收藏是极少的。

到了20世纪90年代初期，美术馆收藏更加沉寂，民间收藏相对活跃。随着艺术市场的逐步开放，国外的画廊代理商和民间收藏者渐渐进入大陆。他们首先关注的是传统意义上的青花和紫砂，逐渐旁及对现代陶艺作品的收藏。而这个时期的艺术作品更多地是以绘画、雕塑为主，独立的陶艺收藏形式尚未开始，而仅仅是收藏其他艺术品时的附属品。

从20世纪90年代中期开始，国家艺术机构如中国美术馆、广东美术馆、中国历史博物馆、故宫博物院、淄博博物馆等陆续按照较高的标准收藏现代陶艺作品；私人和公司等民间收藏也次第展开，拍卖公司开始介入现代陶艺作品拍卖。1999年6月，"'99中国当代陶艺作品展"的作品在上海黄埔拍卖行拍卖。2001年11月，中国嘉德国际拍卖有限公司秋季"中国油画与雕塑"拍卖会上尝试性地组织了中国现代陶艺家白明、左正尧、白磊、刘正、罗小平、夏德武的6件现代陶艺作品进行拍卖。拍卖介绍中指出,"如果从中外交流的档次和规模上来看,近几年来华的外国陶艺家不少是举世公认的、具有代表性的大师,这在造型艺术其他领域并不多见……澳大利亚、瑞典、加拿大、美国、荷兰的陶艺中心、博物馆、杂志社等也不断介绍、收藏中国陶艺家的作品,一些著名的大学、陶艺学院、工作室等也邀请陶艺家入驻创作,一些重要陶艺家的作品已经被国外和港台画廊部分买断和代理。近年来不少国内美术馆、博物馆、本土收藏家已经开始意识到这个问题,并充满希望地把征集和收藏的目光投入到现代陶艺上来。"② 在此次拍卖会上共拍出了三件陶艺作品,在一定层面上折射出了收藏界对中国现代陶艺的认同程度。(图162)

注:

① 见陈进海《陶艺"热"引起的沉思》,《中国美术报》1988年第1期

② 见中国嘉德国际拍卖有限公司"中国油画及雕塑"2001年秋季拍卖会画册,《关注现代陶艺》推介词

超
越
泥
性

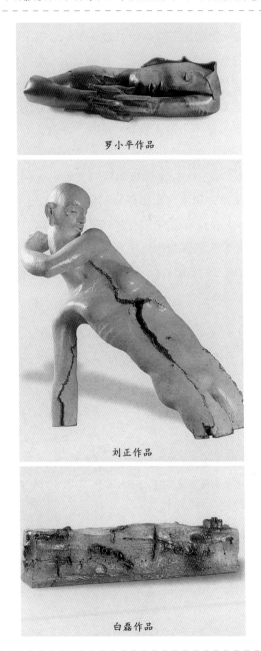

罗小平作品

刘正作品

白磊作品

白明作品

左正尧作品

夏德武作品

大事记

大 事 记

1984 年

6 月

"华夏诸神一百例——尹光中烧陶艺术展"在贵阳市黔灵公园、文化茶馆展出,中央电视台转播。

7 月 1 日

"梅文鼎、曾力、曾鹏——石湾现代陶器展"在广东省民间工艺馆展出(第一回)。

9 月 7 日

"梅文鼎、曾力、曾鹏——石湾现代陶器展"在香港艺术中心展出(第二回)。

11 月 1 日

"尹光中、刘雍、王平陶艺展"在北京"静息轩"展出,同展的还有田世信雕塑。

1985 年

5 月

由中华陶艺开发研究中心组织在湖北蕲春岚头矶召开"全国首届部分陶艺家研讨会"。

7 月 13 日

"梅文鼎、曾力、曾鹏——石湾现代陶器展"在中国美术馆展出（第三回）。

8 月

李茂宗初次访问大陆。

10 月 1 日

"梅文鼎、曾力、曾鹏——石湾现代陶器展"在佛山市青少年文化宫展出（第四回）。

1986 年

1 月

《美术》发表顾月华文章《玩泥的人——陶艺家李茂宗》并附李茂宗作品。

《中国美术报》发表施本铭《由陶艺实验所产生的一点想法》。

"'86 年最后画展"在浙江展览馆开幕。仅展出几小时就因作品表现性意识而被有关部门关闭。参展艺术家有谷文达、孙保国等。

"谭畅陶艺展"在广东民间工艺馆展出，并向该馆捐赠 230 件作品。

1987 年

3 月

《中国美术报》第 9 期发表王平陶塑《五面》、《神柱》。

9 月

《江苏画刊》发表《姜波陶艺》及周国桢撰写的《出自本土的感悟》评论文章。

1988 年

1 月

《中国美术报》刊载陈进海撰写的《陶艺"热"引起的沉思》。

王建军、张宝成陶艺作品入选"第十一届国际陶艺双年展"。

7 月

浙江美术学院陈列馆举办"孙保国现代陶艺展"。

11 月

香港文化中心举办"中国传统陶艺及现代陶艺研讨会"并展出中外陶艺家作品。

12 月

《王平现代雕塑作品选》由北京工艺美术出版社出版。

1989 年

3 月

《江苏画刊》中国现代艺术栏目发表陈永群、吕品昌现代陶艺作品。

5 月

《江苏画刊》发表李见深陶艺作品。

《美术》封底发表左正尧、罗莹陶艺作品。

6 月

《美术》发表钟鸣《中国现代陶艺的沉思》及维弗雷多·林的陶艺作品。

8月

《江苏画刊》发表吕品昌文章《充满活力的廿世纪现代陶艺——记日本
＜第二届国际陶瓷'89展＞》，并刊登外国陶艺作品。同期有李见深的《流
动的瞬间——谈李茂宗现代陶艺》及李茂宗陶艺作品。

9月

《美术》发表姜波陶艺作品《闭锁》。

10月

《中国美术报》第41期刊载楚瀚文章《陶艺王国的猎奇者》，发表左正
尧、罗莹陶艺作品。

《江苏画刊》发表李见深《泥与火的迷恋——八木一夫和他的现代陶
艺》及八木一夫的作品。

沛雪立陶艺作品《生息》获"首届长江工艺美术节银奖"，并被重庆博
物馆收藏。

吴鸣《日月星》入选第二届日本美浓国际陶展。

1990年

1月

湖北美术学院邀请李茂宗举办"湖北第一届现代陶艺研习班"。

《江苏画刊》发表王小箭的文章《非是逻辑·形态学本体论·精神安乐
椅——释左正尧和罗莹的"家"》。

旅美作曲家谭盾在纽约Guggenheim Museum用陶器制作音乐，并于
1月21日－22日在该馆首演，除了发展中国已有的埙等乐器外，还进一步
制作了适合吹、打、弹、唱的乐器。

1991 年

2 月 22—3 月 22 日

"左正尧陶艺展""左正尧国画展"在广州雕塑院举办。

3 月

《江苏画刊》发表孙人"第十二届国际陶艺双年展"一文，并刊登孙人的陶艺作品《双耳钵》及入选此次双年展的中外作品。

由中国对外文委、北方大学、中央美术学院共同主办的"北京国际陶艺研讨会及邀请展"在北方大学开幕。

5 月

湖北美术学院举办"首届湖北现代陶艺大展"。

7 月

《江苏画刊》中国现代陶艺专辑发表李见深《作陶随笔》、西逸《大潮初起——现代陶艺与中国陶艺现状略谈》、吕品昌《祝中国陶艺走向世界——记'91 北京国际陶艺研讨会》，并发表中外陶艺作品。

1992 年

2 月

吴鸣作品《期待》获第三届日本美浓国际陶展评委特别奖。

《装饰》1992 年第 3 期发表西逸《理性的构筑——谈范新林陶艺创作》、久口《突破的空间与空间的突破——读谢跃的陶艺创作》。

1993 年

7 月

"左正尧作品展"在台湾台中美术馆举行。

8月

《江苏画刊》发表张温帙陶艺作品。

《装饰》发表陈进海《陶艺的演变、流派及其他》及作品。

1994年

1月

《美术》发表袁运甫文《"陶工"高峰的艺术》及高峰陶艺作品。

湖北美院组团访问纽约阿尔弗雷德陶瓷学院，进行陶艺创作交流。

5月

罗小平获第四届全国陶瓷艺术评比一等奖。

《寻找未来——吴光荣、许艳春紫砂陶艺作品集》由北京文物出版社出版。

《美术》发表张守《火与土的淬炼——朱乐耕的陶艺创作》及朱乐耕陶艺作品。

8月

《江苏画刊》推出《中国现代陶艺专辑》，发表吕品田《中国现代陶艺创作批评》、李砚祖《现代陶艺随想录》及孟庆祝、吕品昌、谢跃、姚永康、李见深作品。

10月

1994年10月8日－10月13日，《吕品昌陶艺·雕塑展》在中国美术馆展出。

12 月

《新美术》发表陈淞贤《窑边随笔》。

《装饰》发表杨永善《一个充满友谊的陶艺家协会》。

《装饰》发表郑宁《陶艺思考札记》。

"罗小平陶艺作品展"在台湾高雄文化中心展出。

1995 年

3 月

《美术》发表何燕明《绝非苛求——吕品昌陶艺雕塑作品展随想》。

吴鸣《大道归真》入选"第四届日本美浓国际陶艺展"。

5 月

左正尧陶艺个展在澳门旅游司举行。

7 月

景德镇陶瓷学院举办国际陶艺夏令营及现代陶艺研讨会。

中央美术学院建立陶艺工作室。

12 月

《江苏画刊》发表雨门《泥或者碎片——对胡小军其人其陶的阅读》及胡小军陶艺作品。

《装饰》发表章星、毕晓生、白明、邱耿钰、王建中、张尧、远宏、谢跃、邢良坤、朱建安、李建军陶艺作品，以及鉴中《走近神秘——罗小平的陶瓷雕塑》、王建中《简洁／质朴／自然——章星陶艺谈》、陈池瑜《泥土的语言——谢跃陶艺观后感》、周光真《今日美国陶艺》、白明《世界现代陶艺漫谈》。

1996 年

1 月

文化部主办的"陶瓷的国度——中国当代陶艺欧洲巡回展预展"在中央美术学院展览馆举行。之后，该展转到英国等6个欧洲国家巡回展出。

2 月

《江苏画刊》发表袁运甫《从白明的＜皕＞谈起》，并发表白明作品。

4 月

《江苏画刊》发表陆斌陶艺作品。

9 月

《江苏画刊》发表陈进海《白明的陶艺》。

《雕塑》杂志开设现代陶艺专栏"中国现代陶艺家"，罗小平任栏目主持。

景德镇举办"中日现代陶艺联展"，罗小平、刘秀兰陶艺作品《愚者》获平山郁夫奖，白磊陶艺作品《城》获陶光会长奖。

1997 年

1 月

《江苏画刊》发表钱志坚《动情于接直》介绍李燕蓉陶塑。

3 月

3月10日－20日，中央美术学院举办"中国当代陶艺展出国巡回展预展"。

5 月

《江苏画刊》发表吴文薰《与大自然共舞》、陈小亭《土的原色·火的催生》介绍台湾陶艺家杨元太的陶艺作品及工作室。

罗小平、汤鸣皋、徐南、卢剑星、吴光荣发起成立江苏宜兴陶艺协会。

7月

苏州工艺美术学校陶艺工作室成立。

《美术文献》总第22辑出版"中国现代陶艺专辑"。

罗小平《愚者》入选"日本27回全国陶艺展",并获日本文部大臣奖。

白磊陶艺作品《城》入选"日本27回全国陶艺展",获东京都知事奖。

9月

吴光荣、许艳春紫砂陶艺作品捐赠仪式在北京故宫博物院漱芳斋举行。

10月

广东美术馆举办"感受泥性——当代陶艺邀请展"。

9—11月

中国美术馆、广东美术馆举办庆回归"香港艺术馆藏品展",展出陶艺家李慧娴、珍比露、陈炳添等人的现代陶艺作品。

《装饰》发表《李燕蓉陶艺》、《高峰陶艺》、《白明陶艺》、钱志坚《在雕塑与陶艺的中间地带》。

1998年

2月

许以祺在北京创建"乐陶苑"并创办《陶艺家通讯》。

3月

《雕塑》发表董万里《对现代陶艺的认识——兼谈美国陶艺的现状》。

《装饰》发表尹一鹏《愚者——智者——罗小平的陶艺雕塑》。

4月

《江苏画刊》发表吕品田《走近壶神——孟庆祝陶艺<壶神系列>品读》及刘骁纯《黄岩的烧制艺术》。

5月－6月

广东美术馆于5月12日到6月30日举办"殊途同路——香港乐天陶社陶艺邀请展"。

6月

《江苏画刊》发表孙振华《与泥土对话——关于陆斌的陶艺》。

台湾举办"国际陶瓷公共艺术大展"。

7月

夏威夷大学举办"第二届东西陶艺合作工作营",吴鸣等中国陶艺家出席。

8月

《美术》发表孙振华《熔铸生命的尊严——张温帙的陶瓷艺术》。

9月

周武、杨国辛、许群的作品入选第五届日本美浓国际陶艺展。

10月

"海晨青花展"、"夏德武乐烧展"在北京"乐陶苑"举行。

"高振宇青春的瓷器展"于日本东京都新宿三越艺术画廊举行。

11月－12月

"首届中国当代青年陶艺家作品双年展"于11月7日－12月7日在杭州中国美术学院展厅开幕。

12月

《新美术》发表周武、刘正、陈淞贤、刘建国等人陶艺作品。

"日中陶艺交流展"在湖北美术馆举行。

1999年

1月

广东美术馆主办"超越泥性——中国当代青年陶艺家学术邀请展"。

白明编著的《世界现代陶艺概览》、《世界现代陶艺图典》出版。

江苏省工艺美术学会陶艺专业委员会成立。

《江苏画刊》发表刘正、高士明《机遇与挑战——中国当代陶艺家的实验之途》。

2月

"当代陶艺发展研讨会"在中央工艺美术学院召开。

《装饰》发表杨永善《参评随想》、《"当代陶艺发展研讨会"纪要》、白明《当代中国陶艺漫谈》、沛雪立《告别彷徨——中国现代陶艺探讨》、许以祺《陶旅日记》、《陶艺作品选登》、《超越泥性——中国当代青年陶艺家学术邀请展作品选》、《远宏陶艺作品》、《夏德武陶艺（乐烧）作品》、《吕品昌陶艺作品》、《吴光荣陶艺作品》、《白明陶艺作品》。

3 月

《装饰》发表《陈进海陶艺作品》、《郑宁陶艺作品》、《左正尧陶艺作品》、《杨帆陶艺作品》。

"王小蕙陶艺作品展"在中央工艺美术学院展厅举行。

首届中国陶瓷艺术家代表团旅美参加美国陶瓷艺术教育委员会年会,并在丹佛市印蒂哥斯画廊举办"中国当代陶艺展"。

《江苏画刊》发表周光真《玩泥十载——一个生活在西方社会的黄种人的自白》及作品《我和安纳森》等。

4 月

"1999 中华陶艺两岸交流展"在北京举行。

4 月 - 5 月

4 月 23 日 - 5 月 9 日,"99 北京迎千禧陶艺邀请展"在中央工艺美术学院展厅举行。

5 月

由《景德镇陶瓷》改刊的《时尚陶艺》季刊于 5 月出版。仅出版一期。

5 月 3 日至 22 日,湖南陶艺大教室举办全国美术教师陶艺培训班。

6 月

6 月 1 日,湖南省在长沙举办当地第一次中小学生陶艺作品展览,共征集作品 1000 多件,挑选了 345 件作品参加展览,中央电视台转播。

《江苏画刊》发表白明《来自科罗拉多的陶瓷艺术家——温·海格比》。

耀州陶艺国际讨论会在陕西铜川召开。

"陈进海陶艺展"在中央工艺美院展厅举行。

"99中国当代陶艺作品展"在上海黄埔拍卖行举行。

《美术》第6期发表钱绍武《朱乐耕陶艺观后感》。

罗小平应邀访问新西兰。

7月

第八届国际陶艺论坛于7月13日－17日在荷兰阿姆斯特丹举行。"中国当代陶艺展"在此展出。

《江苏画刊》发表贾方舟《泥性的魅力——白磊现代陶艺作品评析》及胡小军《共创陶艺新千年——分解1999陶艺两岸交流展作品面貌》。

广东美术馆左正尧策划的"中国当代少儿陶艺作品展"在新加坡举行。

广州现代陶艺美术学校成立。

8月

《江苏画刊》发表白明《日本陶艺家会田雄亮》、王建中《美国现代陶艺教育掠影》。

8月－9月

8月29日－9月2日，"罗小平作品展"在山东烟台人和陶园举行。

9月

《江苏画刊》发表沛雪立《见树亦见林——罗小平陶艺赏析》。

《陶艺家通讯》开设毛增印专栏《网上看陶》。

第九届全国美术作品展设计艺术展于9月26日在深圳关山月美术馆开幕。

扬州大学师范学院艺术系陶艺工作室成立。

"'99中国当代陶艺作品展"于10月26日－31日在上海外滩举行

《江苏画刊》发表天竹《胡小军的陶》、周光真《美国现代陶艺的市场流通、价位及其游戏规则》、白明《时间的情怀——意大利陶艺家庞贝·皮阿纳佐拉》。

《美术》发表马克《独创和多彩的展览——写在韩美林艺术展开幕之际》及韩美林陶艺作品。

"乐陶苑"刊印杰克·考夫曼陶艺专集《陶艺对话两帖》、《罗小平陶艺雕塑》。

11月

《江苏画刊》发表杨永善《追求自然》介绍陈进海陶艺作品。

"孟庆祝陶艺作品文献回顾展"1999年11月在中国美术学院举行。

中央电视台"美术星空·中国陶艺先锋"推介当代陶艺家。

黄永玉在北京通县万荷堂家中建立陶艺工作室。

罗小平在美国费城陶艺中心工作访问半年。

12月

1999年12月31日晚上8点到2000年1月1日零点30分,广东佛山石湾举办"南风古灶千年烧"陶艺创作活动。

由中国陶瓷工业协会、景德镇陶瓷学院主办编辑的《中国陶瓷工业》增刊、《中国陶艺》出版发行。

《装饰》发表杜大恺《由木及陶》介绍王小蕙陶艺作品。

2000年

1月

《江苏画刊》发表周光真《陶艺的分类及相关名词的翻译及比较》、许以祺《我看杰克·考夫曼》。

吕品昌编著《中国当代陶艺》由吉林美术出版社出版。

2月

《江苏画刊》发表皮道坚《左正尧的流水账——作品意义及其他》。

3月

《装饰》发表陈进海文《陶艺观念谈》。

美国陶艺教育年会3月22日－25日在克罗拉多州首府丹佛城召开，中国有李见深、罗小平、许以祺、周光真等6人参加。

首都师范大学开展陶艺教学活动。

《江苏画刊》发表毛增印《历史与未来的交融》介绍克劳迪·卡萨诺瓦斯作品。

广东美术馆举办"演绎泥性——中国当代青年陶艺家学术邀请展"。

4月

《江苏画刊》发表罗小平《让生命永恒》，介绍杰米·克拉克作品。

5月

《江苏画刊》发表陈永群《永远孤独，追逐精神的人——与芬兰陶艺家克里斯蒂娜·瑞斯卡的对话》、毛增印《唐·赖茨：泥涂与色彩的赞歌》。

5月28日－30日，2000国际陶瓷艺术研讨会"瓷的精神"暨国际陶艺家作品交流展在景德镇陶瓷学院国际陶瓷中心举行。

"2000年中国当代青年陶艺家作品双年展"在中国美术学院举行。

5月20日－26日，中国佛山国际柴烧研讨会在佛山举行。

中国美术学院出版社出版《刘正水彩、陶艺作品集》。

中国美术学院出版社出版《中国陶艺家》系列丛书，包括赵蔚明、戴雨享、周武等。

6 月

广东美术馆主办"陶艺工作室联展"。

江西美术出版社出版《生活的感动——白明的青花世界》。

"中国当代陶艺学术交流展"6 月 10 日 – 25 日在香港视觉艺术中心展厅举行。7 月 1 日 – 30 日在广东美术馆展出。

7 月

《江苏画刊》发表张蒙《陶观念的乌托邦——评 99 长春陶装置展》、白明《感性与理性的交融——我看沛雪立的陶艺》、朱其《转世的隐秘——记刘建华的彩塑系列》、许江《漫话陶艺》。

2000 年度国际陶艺学会接纳中国陶艺家秦锡麟、陈淞贤为会员。

9 月 – 10 月

9 月 2 日 – 10 月 28 日北京乐陶苑举办"新青瓷展"。

南非陶瓷学会主办的 2000 年南非国际陶艺双年展于 9 月 21 日 – 10 月 20 日在约翰内斯堡的腾杉市艺术画廊举行。陆斌的《古语系列》是中国陶艺家参展的唯一作品。

10 月

"罗小平陶艺个展"于 9 月 16 日 – 10 月 14 日在费城海伦德鲁特画廊举办。

"中国民窑艺术研讨会"在景德镇陶瓷学院开幕。

清华大学"2000 年国际陶艺交流展"在中国美术馆展出。

10 月 – 11 月

白明陶艺展于 11 月 22 日到 11 月 28 日在清华大学美术学院画廊展出。

10 月 - 2001 年 1 月

2000 年 10 月 - 2001 年 1 月 28 日 "第六届金陶奖" 在台湾举行, 中国大陆陶艺家陆斌、伍时雄等入选, 伍时雄获特别评审奖。

11 月

"沛雪立陶艺展" 在苏州工艺美术职业技术学院展厅开幕。

"五方十面——中国当代陶艺五人展" 于 2000 年 11 月 20 日 - 23 日在香港展出。

高岭陶艺学会主办 "现代陶艺与室内设计研讨会"。

海晨陶艺沙龙在上海开设。

陆斌分别于 11 月 11 日在台湾索卡国际艺术有限公司画廊以及 12 月 1 日在香港中环世界画廊举办了个人作品展。

《江苏画刊》发表罗小平《美丽的使者——安妮·莫蒂曼》及安尼·C·库瑞尔陶艺作品。

《江苏画刊》发表翟墨《饱满浑厚韵味长——郅敏的陶塑人体及头像解味》。

12 月

《同一观念·吕丰雅作品展》于 12 月 8 日至 1 月 5 日在广东美术馆举办。

《江苏画刊》发表周光真《美国陶艺作品在上海艺术博览会 2000 ——两次展览, 一份心愿》。

三宝陶瓷研修院 "世纪窑火——中国盐烧第一窑" 点火。

《新美术》发表陈淞贤、刘正、周武、戴雨享、刘建国等人的陶艺作品。同期刊发了约翰内斯·盖普哈特的《关于中国美院陶瓷专业教学改革的思考》。

中国美术家协会陶瓷艺术委员会成立。

《改革开放廿年中国美术》出版, 收录现代陶艺作品。

苏珊·彼特森编著《当代陶艺》出版，收录中国陶艺家作品。

2001 年

1 月

1 月 6 日，占地 1000 多平方米的周国桢陶艺馆在景德镇开馆。

白明应费城陶艺中心邀请作为期 5 个月的工作访问。

2 月

2 月 19 日，"变质的泥性·中央美术学院雕塑系陶艺研究班作品展"在中央美院通道画廊举行。

3 月

第 35 届全美陶艺教育年会于 3 月 28 日－31 日在北卡州夏洛特城举行。

4 月

"八千年齐鲁古陶之旅——中国淄博 21 世纪国际陶艺发展论坛"在山东淄博开幕。

5 月

北京乐陶苑举办"新青花展"。

5 月－6 月

"2001 中国宜兴国际陶艺研讨会暨陶艺展"于 5 月 30 日－6 月 3 日在江苏宜兴举行。

《陆斌陶艺作品集》刊印。

《中国现代陶艺》光盘由安徽教育出版社出版，吴光荣编。

5—7月

由广东美术馆主办的"中国当代雕塑与陶艺展"于5月17日－7月10日在香港展出。

7月

由北京乐陶苑主办的"富乐国际陶艺创作营"于7月1日－28日分别在北京乐陶苑和西安富平陶艺村举行。

广东美术馆举办"单纯空间——中国当代女性陶艺家作品展"。

"以土塑造未来"2000年世纪陶瓷博览会在韩国举行,中国陶艺家陆斌、伍时雄作品入选。陆斌获评委奖。

8月－10月

韩国2001年世界陶艺博览会在韩国京畿道利州、骊州及广州举办,中国30位陶艺家作品参展。

9月

张晓莉作品参加在深圳雕塑院举行的"重新洗牌——以水墨的名义"作品展。

10月

由中国美术家协会主办的"全国陶瓷艺术作品展"和评比在清华大学美术馆举行。

白明、陆斌、罗小平、陈光辉、左正尧、许以祺(美)、李见深(美)加入国际陶艺学会。

《江苏画刊》发表罗一平《文化决定状态——谈白明的陶艺创作》。

2002 年

1 月

"艺术时代·中国当代陶艺展"在上海精文艺术中心举办。

3 月

澳大利亚《陶艺与认识》介绍罗小平和他的作品。

2 月－6 月

2 月 9 日－6 月 16 日,中国台湾台北县立莺歌陶瓷博物馆举办"亚太地区国际现代陶艺邀请展"。左正尧、陆斌等人作品参展。

6 月

"2002 年中国当代青年陶艺家作品双年展"在杭州西湖美术馆举行。

"首届佛山国际陶艺研讨会"在佛山举办。

河北美术出版社出版《设计时代》系列丛书,陶瓷艺术设计类包括了白明《时间的声音》、罗小平《时代广场》、姚永康《世纪娃》、白磊《超然自语》、伍时雄《一体同观》、左正尧《不单纯空间》。

8 月

《江苏画刊》介绍"中国青年陶艺家双年展"作品及许江的文章。

9 月

9 月 18 日"今日中国陶艺展"在日内瓦阿琳娜陶瓷博物馆举行。

蒋悦、左正尧、许以祺、白明、罗小平、海晨、郑祎等出席开幕式。

163.《裸体浮雕彩陶壶》新石器时期 马厂文化 高33.4cm 青海省乐都县柳湾出土 现藏中国历史博物馆

后 记

不仅仅是结语

这些年来，我边创作边研究，见证了中国现代陶艺从萌芽到初步发展的风雨路途。期间也有进行相关写作的冲动，但对我来说，运用文字的难度远远大过画笔和陶土。我有一些用文字干活的朋友，他们出色的文字构成让你不得不拍案叫绝，有些书让你一看书名就有一口气读完的冲动。我在文字构成上远远不如他们纯熟，而现实却让人越来越难以从容地归纳和思索——现代陶艺的圆圈越来越大，我们面对的问题也越来越复杂，更重要是，眼下少有批评家们的深入评述可供借鉴，坊间更是找不到一本系统评述近20年来现代陶艺发展状况的著作。在本书的写作中，除了十多年积累的资料和感同身受的点点滴滴，我能凭藉的最大资本就是自己对现代陶艺发展的热情。

在本书的撰写过程中，我没有把自己定位为批评家或学者，而仅仅是艺术活动和艺术创作的实践者。因此，本书切入的角度也不是进行理论分析乃至做出历史定位，而更多的是描述我亲历的现代陶艺发展历程。从最初转变观念，到材料、技法的深入探索，再到价值取向的定位和风格的形成……在回顾、分析与总结这些问题的时候，我更倾向于平实的描述，决不玩弄高深的哲学词汇和概念游戏，或为了显得很专业、很学术而故意长篇大论。

在当今丰富多彩的艺术门类中，陶艺确实是最具吸引力的。不仅是因为水、土、火等因素与人类的天然亲和，还因为陶土和火对作品的最终诠释为艺术家提供了极为宽广且变化莫测的想象空间，并为艺术家的心灵填充着耐性和期待。但颇具讽刺意味的是，在人类的蒙昧时期出现的陶艺作品在今天看来反而更为质朴、放松、充满情趣。可以毫不夸张地说，新石器时期出土的陶器比现在不少陶艺家们的作品都更富于想象力，更具有美感，而它只是我们的祖先对自己生活的真情流露和艺术把握而已！长久以来，随着人类文明的不断进步，陶艺被一点点地异化，努力去靠拢玉石的晶莹剔透，青铜的稳重质感，和这些作品比较，即使是毕加索，也只是在回归古朴纯真，努力接近祖先们的创作心态。我们能学习的只是"技术"，而灵感和创造力却只能靠自己去领悟。这也是我们今天的艺术家认清自己的关键所在。（图 163）

如本书所述，现代陶艺自从20世纪80年代在古老的中国萌生以来，经历艰辛而坎坷的历程，同时也取得了可喜的进步。然而准确地说，直到今天，现代陶艺在中国仍处于发展阶段。这一判断主要基于中国现代陶艺的如下现状：

在艺术界刚刚开始引起重视，而这种重视还远远不够。

在学科建设上尚未形成相关的理论体系，甚至连统一的评审标准也不具备。一些陶艺家提出一边实践，一边做理论研究，可谓是无奈之举。

在评论界，职业艺评家对现代陶艺仅仅是略为涉猎，鞭辟入里的文字少之又少，更没有系统论述近20年来中国现代陶艺发展的专著；

在组织上（指完全脱离了"工艺美术"性的独立机构）尚停留于自发性的民间社团状态，只是到了最近几年，各种艺术机构才给予现代陶艺"扶贫式"的关心。

各大艺术院校中的现代陶艺教学秩序尚未形成，大众化的普及性陶艺教育仍然举步维艰，商业性陶吧由热变冷，经营惨淡。

最重要的是，陶艺界内也还未形成强大的创作力量汇入中国现代艺术的主流，真正成熟的陶艺家为数甚少，更谈不上"大师"……

当然，我们也可以看到，不少陶艺家依然在自己的道路上默默前行，他们为中国现代陶艺的发展带来了发展的契机。这些陶艺家或在器形、质地与釉彩上寻找更多的表现形式，或探寻陶艺与其他艺术类型相结合的可能性，他们在用自己的行动回答这样的问题——"以什么方式作陶？"和"用陶做点什么？"而在理论界，较为明确的表述也已出现——"现代陶艺与传统陶艺的根本区别在于它彻底摆脱了实用性、装饰性功能的束缚，因而获得了相应的现实文化针对性和文化批评功能，而这正是现当代艺术的灵魂。"

文化形态的差异，决定了现代陶艺的风格表现特征和文化气息特征，完全没有必要以他人之尺衡我之短长。虽然中国现代陶艺起步较晚（港、台地区由于特殊的历史原因，情况有所区别），但"陶瓷母国"的历史积淀，传统文化的博大精深和兼收并蓄的民族性格，使得我们有了相对较高的起点。认识这一点有助于我们知己知彼，平心静气，踏踏实实地进行研究和创作。

环境与艺术的发展有至关重要的关系。美国的 S·阿瑞提在《创造的秘密》中所说，在18世纪的非洲这样一个不足以进行音乐研究的地方就不可能产生像贝多芬这样杰出的音乐家，甚至在当时的英国，这种可能性也微乎其微。一个杰出人物必须在具备足够文化手段的环境中才能存在，米开朗基罗不可能在阿拉斯加、罗马尼亚或者马达加斯加成长为一位伟大人物。而在今天的中国，现代陶艺蓬勃发展的条件正在逐步成熟。随着陶艺热潮的普及，国内传媒、出版社、收藏界、拍卖界投入了更多的热情。这为中国现代陶艺界出现重量级的人物创造了条件。很多策展人明确表示，他们以前对陶艺关注不够，现在要逐步加以改变。这无疑表明陶艺在现代中国艺术中日趋重要的地位。

毕竟，我们已经看到了一些可喜的变化——比如说，这几年陶艺爱好者已经从过去关注古陶瓷进入到现代陶艺，而创作者也从过去重视日用瓷逐渐过渡到艺术陶瓷；又比如说，以往陶艺家经常作为雕塑家被邀请参加综合艺术大展，而2002年9月，陶艺作品将作为独立于雕塑和设计类之外的单独门类被邀请参加彭德、李小山策划的"中国现代艺术三年展",这在实验性的综合类大展中尚属首次,也说明陶艺在现代艺术领域内已经逐步确立了自己的位置。更可喜的是,在充满热情的实验性陶艺家们的积极参与和推动下,国内陶艺界在互动交流的同时,也开始以整体的姿态主动与国际陶艺界展开对话。

我还想提出一点:今天我们应该更多地关注积极进行实验性、前沿性探索的陶艺家。要让中国陶艺真正与世界艺术同步,必须依靠这些陶艺家,他们身上体现了中国陶艺的未来。相反的,如果陶艺家们依然没有主动进行现代艺术探索的自觉意识,仍然将自己纳入"艺匠"的范畴,而不洞察当今艺术发展的大趋势,中国现代陶艺还会继续游离于世界当代艺术的主流之外。

最后,我要感谢在本书撰写过程提供了支持和帮助的前辈和同行。陈淞贤先生和李正文先生提供了许多珍贵的中国现代陶艺早期的图片和资料。张晓莉女士、黄美莉女士、吕品昌先生、刘正先生、白明先生、罗小平先生提供了许多重要的背景资料。书中评述的艺术家都慷慨提供了他们个人艺术创作的珍贵资料。特别感谢沛雪立先生在撰写初期与我一同奔波查阅资料,商讨本书的撰写大纲和章节要点,以及蓝蕾在本书撰写过程中给予的支持与帮助。当然,我还要感谢湖南美术出版社,尤其是丛书主编邹建平先生促成了此书的出版。

左正尧

2002 年 7 月 15 日于广州

左正尧，1984年毕业于广州美术学院中国画系，曾任教于华中师范大学美术系。2001年任中国澳门国际绘画大奖赛评委。现为广东美术馆学术研究及展览策划人，亚洲艺术家联盟中国委员会主席，联合国教科文组织世界陶艺协会（IAC）会员。

已策划各类展览20多个，主编和编辑画册11本，出版有《不单纯空间》个人作品集，3次举办个人作品展，多次参加各类作品联展。陶艺作品被中华人民共和国文化部，中国历史博物馆，广东美术馆等收藏。

图书在版编目（CIP）数据

超越泥性／左正尧著．—长沙：湖南美术出版社，2002
（中国当代艺术倾向丛书）

Ⅰ.超...　Ⅱ.左...　Ⅲ.陶瓷－工艺美术－艺术评论－中国
Ⅳ.J527

中国版本图书馆 CIP 数据核字(2002)第 087261 号

中国当代艺术倾向丛书
超 越 泥 性

丛书主编：邹建平
丛书策划：邹建平
责任编辑：邹建平
整体设计：念　潮
封面设计：戈　巴

湖南美术出版社出版、发行
（长沙市雨花区火焰开发区 4 片）
设计制作：张念工作室
经销：湖南省新华书店
印刷：北京佳信达艺术印刷有限公司

开本：889×1194　1/32
印张：9.1875　　字数：12 万
2003 年 1 月第 1 版　2003 年 1 月第 1 次印刷
印数：1－3000 册
ISBN 7-5356-1804-9/J·1684
定价：46.00 元